노인과 바다

더디 세계문학 004

노인과 바다

어니스트 헤밍웨이 지음 | 황재광 옮김

덛

차례

그는 멕시코 만류에서 조그만 배로 혼자 고기잡이해서 먹고사는 노인인데 여든 나흘이 지나도록 고기를 한 마리도 낚지 못했다. 첫 마흔 날 동안은 한 소년을 데리고 다녔다. 하지만 마흔 날 동안 고기가 한 마리도 잡히지 않자 소년의 부모는 아들에게 그 노인이 마침내 최악의 불운을 일컫는 '살라오'가 된 것이 확실하다고 말했다. 소년은 부모가 시키는 대로 다른 배로 옮겨 탔고, 그 배는 고기잡이 나간 첫 일주일 동안 큼직한 고기를 세 마리나 잡았다. 매일같이 빈 배로 돌아오는 노인을 볼 때마다 마음이 아팠던 소년은 노인에게 가서 사린 낚싯줄이나 갈고리, 그리고 작살이며 돛대에 둘둘 만 돛 따위를 나르는 일을 항상 도와주었다. 부대 자루로 군데군데 기운 돛을 둘둘 말면 그것은 마치 영원한 패배의 깃발 같아 보였다.

야위고 수척한 노인의 목덜미에는 깊은 주름이 잡혀 있었고, 열대 바다에서 반사되는 햇빛으로 인해 생긴 양성 피부암 때문에 두 뺨은 갈색 반점으로 얼룩져 있었다. 그 반점은 얼굴 양쪽을 타고 상당히 넓게 퍼져 있었으며, 손에는 낚싯줄에 걸린 묵직한 물고기를 다루면서 생긴 상처 자국이 깊게 패어 있었다. 이 상처 자국은 최근에 생긴 것이 아니었다. 물고기가 살지 않는 사막의 침식된 흔적만큼이나 오래된 상처였다.

노인은 모든 곳이 늙었지만 두 눈만은 예외였다. 바다 빛깔을 닮은 노인의 눈은 패기로 생기가 넘쳐흘렀다.

"산티아고 할아버지." 배를 끌어올린 뒤 둑을 오르며 소년이 노인에게 말했다. "저 이제 할아버지하고 바다에 같이 나갈 수 있어요. 돈을 좀 벌었거든요."

소년에게 고기 잡는 법을 가르쳐준 사람은 노인이었다. 그래서 소년은 노인을 무척 잘 따랐다.

"아니다. 너는 운이 따르는 배를 타고 있잖니. 그 사람들하고 같이 다니거라."

"하지만 할아버지가 여든 이레 동안 고기를 한 마리도 못 낚다가 저하고 같이 나갔을 때 삼 주 동안 매일 큰 물고기를 낚았었잖아요. 기억하시죠?"

"기억하고말고." 노인이 말했다. "날 못 믿어서 네가 떠난

게 아니라는 걸 안다."

"아빠가 떠나라고 해서 떠난 거예요. 나는 어린애라 아빠가 시키는 대로 해야 하거든요."

"나도 안다." 노인이 말했다. "그거야 당연하지."

"아빠는 별로 믿음이 없어요." 소년이 말했다.

"맞아. 하지만 우린 믿음이 있지. 안 그러냐?" 노인이 말했다.

"맞아요." 소년이 말했다. "테라스에서 맥주 한잔 사드릴까요? 이건 한잔하고 나서 옮기고요."

"거 좋지." 노인이 말했다. "같은 어부끼리 한잔하자꾸나."

두 사람이 테라스에 앉자 여러 어부들이 노인을 놀려댔지만 노인은 화내지 않았다. 나이가 지긋한 어부 중 몇 사람은 노인을 바라보며 측은해했다. 하지만 그들은 그런 내색은 하지 않고 물살이며 낚싯줄을 드리웠던 바다 깊이, 계속해서 이어지는 좋은 날씨, 그리고 자기네들이 본 것들에 대해 점잖게 이야기를 나눴다.

그날 일진이 좋았던 어부들은 벌써 항구로 돌아와서 잡아 온 청새치 내장을 제거한 뒤 두 개의 널빤지에 기다랗게 늘어놓았다. 이 널빤지를 두 사람이 각각 한쪽 끝을 잡고 끙끙거리며 수산물 창고로 운반했다. 그리고 그곳에서 아바나에 있는 시장으로 생선을 싣고 갈 냉동 트럭을 기다렸다. 상어를 잡은 어부들은 만 건너편에 있는 상어 공장으로 가져갔다. 그곳에서 도르래와 밧줄로 상어를 달아 올려 간을 제거하고 지느러미를 자르고 껍질을 벗긴 뒤 살점을 토막 내서 소금에 절였다.

동쪽에서 바람이 불어오면 상어 공장에서 나는 냄새가 항구 건너편까지 풍겨왔다. 그러나 오늘은 바람이 북쪽으로 불다가 잠잠해졌기 때문에 냄새도 풍기는 듯 마는 듯했다. 마침 테라스에는 햇볕이 잘 들어 쾌적했다.

"산티아고 할아버지." 소년이 노인을 불렀다.

"왜?" 노인이 대답했다. 그는 맥주잔을 든 채 오래전 일을 생각하는 중이었다.

"제가 내일 쓸 정어리를 좀 잡아드려도 될까요?"

"아니다. 넌 가서 야구나 해라. 아직은 내가 노를 저을 수 있고, 어망은 로헬리오가 던져주면 되니까."

"하지만 그렇게 하고 싶어요. 할아버지하고 고기잡이를 할 수 없다면 다른 일이라도 도와드리고 싶어요."

"맥주 사줬으니 그걸로 됐다." 노인이 말했다. "너도 이젠 어른이 다 됐구나."

"할아버지가 저를 처음 배에 태워주셨을 때 제가 몇 살이었죠?"

"다섯 살이었는데 내가 너무 힘이 센 놈을 잡아 올렸다가 그놈이 배를 거의 산산조각낼 뻔한 바람에 네가 죽을 뻔했지. 기억나니?"

"그놈이 꼬리를 철썩거리며 펄떡펄떡 날뛰는 통에 가로장이 부서진 거랑 그놈을 몽둥이질했던 소리가 기억나요. 할아버지가 젖은 낚싯줄 사리가 있는 뱃머리 쪽으로 저를 내던지다시피 하신 것, 배 전체가 요동치던 것, 할아버지가 그놈을 마치 장작 패듯이 몽둥이로 내리치던 소리, 그리고 제 몸에서 달짝지근한 피 냄새가 났던 것도 기억나요."

"네가 정말 그 일을 다 기억하고 있는 거냐? 아니면 내가 네게 이야기해준 걸 기억하는 거냐?"

"전 할아버지와 함께 처음 바다에 나갔을 때부터 지금까지 모든 일을 다 기억해요."

노인은 햇볕에 그을린 눈으로 사랑스럽고 믿음직스럽다는 듯 소년을 바라보았다.

"네가 내 아들이라면 너를 데리고 바다에 나가 도박 한번 해보고 싶구나. 하지만 넌 네 아버지와 어머니의 자식이고 운이 좋은 배를 타고 있으니……."

"정어리 잡으러 가도 되죠? 미끼도 어디 가면 네 마리 정도 구할 수 있는지 알아요."

"나한테도 오늘 쓰고 남은 게 있단다. 소금에 절여서 궤짝에 넣어뒀어."

"제가 싱싱한 거로 네 마리 잡아 올게요."

"그럼 한 마리만." 노인이 말했다. 그는 희망과 자신감을 잃은 적이 한 번도 없었다. 그런데 지금은 마치 산들바람이

11

불 때처럼 희망과 자신감이 새롭게 풀풀 되살아났다.

"두 마리만요." 소년이 고집을 부렸다.

"그래. 그럼 두 마리만." 노인은 동의했다. "훔치는 건 아니지?"

"그럴 수도 있지만, 돈 주고 샀어요." 소년이 대답했다.

"고맙구나." 노인이 말했다. 노인은 워낙 순박한 사람이라 자기가 겸손한 행동을 했는지 어쨌는지 따질 줄 몰랐다. 그러나 노인은 지금 자기가 소년에게 겸손한 행동을 했으며, 그게 수치스러운 일이 아니고 진정으로 자존심이 손상되는 일도 아니라는 걸 알고 있었다.

"해류가 이 상태를 유지한다면 내일은 고기가 좀 잡히겠군."

"어디로 가실 건데요?" 소년이 물었다.

"풍향이 바뀌면 배를 되돌릴 수 있을 만큼 멀리 나가볼까 한다. 해가 뜨기 전에 나갈 작정이야."

"우리 배 주인도 멀리 출항하게 해볼게요." 소년이 말했다. "할아버지가 커다란 물고기를 낚으면 우리가 가서 거들어드릴 수 있게요."

"그 사람은 멀리 나가는 걸 좋아하지 않잖니."

"그건 그래요." 소년이 말했다. "하지만 새가 고기를 잡아먹으려고 하는 모습을 봤다고 하거나 주인아저씨가 볼 수 없는 뭔가를 봤다고 해서 청새치를 잡으러 나가도록 유도해볼 거예요."

"그 사람 눈이 그렇게 나쁘냐?"

"거의 장님이나 마찬가지예요."

"거 참 이상하구나. 그 사람은 바다거북잡이를 한 적도 없는데. 바다거북잡이를 하면 눈을 버리거든." 노인이 말했다.

"할아버지는 몇 년 동안이나 모스키토 해안에서 바다거북잡이를 했지만 눈이 멀쩡하시잖아요."

"나야 별난 늙은이잖니."

"그런데 진짜로 큰 고기를 잡을 만큼 힘이 충분하세요?"

"아마 그럴 거라고 생각한다. 게다가 나는 요령도 많이 알고 있거든."

"이제 그만 이것들을 집으로 가져가요." 소년이 말했다. "그래야 제가 투망을 챙겨서 정어리를 잡으러 가죠."

두 사람은 배에 실려 있던 어구들을 집어 들었다. 노인은 돛대를 어깨에 짊어지고 소년은 단단히 꼰 갈색 낚싯줄을 둘둘 말아 넣은 나무 궤짝과 갈고리와 작살을 날랐다. 미끼로 쓸 고기가 담긴 통은 배의 고물 아래 몽둥이와 함께 남겨 두었는데, 이 몽둥이는 커다란 물고기를 잡았을 때 물고기를 배 옆까지 끌어당긴 후 제압용으로 사용하기 위한 것이었다. 노인의 물건을 훔쳐갈 사람은 없었지만 그래도 돛과 무거운 낚싯줄은 이슬을 맞으면 삭기 때문에 집으로 가져가는 게 나았다. 노인은 그 지역 사람 중에 자기 물건을 훔쳐갈 사람은 한 사람도 없다고 믿었지만 그래도 갈고리대나 작살을 배에 남겨두어 쓸데없이 훔치고 싶은 유혹이 들게 하고 싶지 않았다.

두 사람은 노인이 사는 오두막까지 함께 걸어 올라가 열려 있는 문을 통해 집 안으로 들어갔다. 노인은 돛을 감은 돛대를 벽에 기대 세우고, 소년은 궤짝과 어구를 그 옆에 내려놓았다. 돛대는 오두막 단칸방 길이만큼 길었다. 구아노라고 하는 대왕 야자수의 질긴 껍질로 지은 오두막에는 침대, 탁자, 의자가 하나씩 있었고, 흙바닥에는 석탄으로 음식을 만들 수 있는 자리가 있었다. 질긴 섬유질로 된 구아노 잎사귀를 평평하게 겹쳐서 만든 갈색 벽에는 예수성심상과 코브레의 성모상이 걸려 있었다. 이 그림들은 노인의 아내가 남긴 유품이었다. 그 벽에는 한때 색 바랜 아내의 사진도 걸려 있었지만 노인은 그걸 볼 때마다 너무 외롭다는 생각이 든다며 사진을 구석에 있는 선반 위에 내려놓고 깨끗한 셔츠로 덮어두었다.

"뭘 드실 거예요?" 소년이 물었다.

"생선을 곁들인 노란 쌀밥이 한 냄비 있다. 너도 좀 먹을래?"

"아니에요. 전 집에 가서 먹을래요. 불을 피울까요?"

"아니다. 내가 나중에 피우마. 아니면 식은 밥 그대로 먹든지."

"투망 좀 가져가도 돼요?"

"물론이지."

사실 노인에게는 투망이 없었다. 소년은 그 투망을 언제 팔아 치웠는지 기억하고 있었다. 하지만 두 사람은 날마다 투망이 있는 척 이야기했다. 사실 생선을 곁들인 노란 쌀밥도 없었다. 소년은 이것 역시 알고 있었다.

"85는 행운의 숫자야. 내장을 제거하고도 오백 킬로그램이 넘는 커다란 물고기를 한번 낚아와 볼까?"

"전 투망을 가져가서 정어리를 잡아 올게요. 할아버지는 문간에서 햇볕이나 쬐고 계세요."

"그러마. 어제 신문이 있는데, 난 야구 소식이나 읽고 있으마."

소년은 어제 신문도 지어낸 이야기인지 아닌지 알 수 없었다. 그런데 노인은 침대 밑에서 신문을 꺼냈다.

"주점에 갔더니 페리코가 주더구나." 노인이 말했다.

"정어리 잡으러 다녀올게요. 할아버지 거하고 제 걸 얼음에 함께 넣어두었다가 아침에 나눠 가지기로 해요. 제가 돌아오면 야구 소식이나 얘기해주세요."

"양키스는 절대 안 져."

"하지만 전 클리블랜드 인디언스 때문에 걱정이에요."

"애야, 양키스를 믿어라. 위대한 디마지오가 있다는 걸 잊지 마."

"저는 디트로이트 타이거스하고 클리블랜드 인디언스

둘 다 걱정돼요."

"저런 그러다가 신시내티 레즈나 시카고 화이트 삭스한 테도 질까봐 걱정하겠구나."

"신문 꼼꼼하게 잘 읽으셨다가 제가 돌아오면 얘기해주세요."

"끝자리가 85인 복권을 한 장 사면 어떨까? 내일이 꼭 여든 닷새째 되는 날이거든?"

"그것도 괜찮겠네요. 하지만 할아버지의 최고 기록인 87은 어쩌고요?" 소년이 물었다.

"그건 두 번 다시 세울 수 없는 기록이지. 85번이 든 복권을 한 장 살 수 있을까?"

"한 장 주문해볼게요."

"그럼 딱 한 장만. 그것만 해도 2달러 50센트야. 그 돈은 누구한테 빌리지?"

"그 정도는 문제없어요. 2달러 50센트 정도는 언제라도 빌릴 수 있어요."

"하기야 나도 그 정도는 꿀 수 있을 것 같구나. 하지만 되도록 돈을 안 빌리려고 하지. 빌리기 시작하다 보면 어느새 돈을 구걸하는 신세가 되거든."

"따듯하게 챙겨 입으세요." 소년이 말했다. "지금이 9월이라는 걸 잊지 마세요."

"제법 커다란 물고기를 잡을 수 있는 때지." 노인이 말했다. "5월에는 아무나 어부 노릇을 할 수 있지만."

"그럼 전 정어리를 잡으러 나가볼게요." 소년이 말했다.

소년이 돌아왔을 때 노인은 의자에 앉은 채 잠들어 있었고, 해는 저물어 있었다. 소년은 침대에서 낡은 군용담요를 가져와 의자 등받이 쪽에서 노인의 어깨 위를 덮어주었다. 노인의 어깨는 특이하게도 아주 늙었지만 다부져 보였고, 목도 아직 정정해서 잠이 들어 고개를 앞으로 숙이고 있는데도 목 뒷덜미 주름이 별로 드러나 보이지 않았다. 노인의 셔츠는 워낙 여기저기 기운 자국이 많아 돛과 다를 바 없어 보였고, 기운 자국은 햇볕에 찌들어 여러 가지 색깔로 변색되어 있었다. 하지만 얼굴만은 아주 늙어서 눈을 감고 있으니까 살아 있는 사람 같아 보이지 않았다. 그의 무르팍에 펼쳐놓은 신문은 그 위에 놓인 노인의 한쪽 팔 무게 때문에 소슬한 저녁 바람에도 날아가지 않았다. 그는 발은 맨발이었다.

소년은 노인이 자게 그대로 놔두었는데 나중에 다시 왔을 때도 여전히 자고 있었다.

"할아버지 그만 일어나세요." 소년은 노인의 한쪽 무릎에 손을 얹으며 말했다.

노인은 눈을 뜨고 멀리 달아났던 정신을 차리느라 잠시 뜸을 들였다. 그러고는 웃으며 말했다.

"뭘 가져왔니?"

"저녁이요." 소년이 말했다. "같이 저녁 먹으려고요."

"난 배 안 고프다."

"그러지 말고 좀 드세요. 끼니를 거르고 고기잡이하는 사람이 어디 있어요."

"여기 있잖니." 노인은 일어나면서 신문을 집어 들고는 착착 접더니 그다음에 담요도 개기 시작했다.

"담요는 그대로 두르고 계세요." 소년이 말했다. "제가 살아 있는 한 할아버지가 끼니를 거르고 고기잡이하게 하진 않을 거예요."

"그렇다면 건강을 잘 챙겨서 오래오래 살려무나." 노인이 말했다. "저녁거리는 뭐냐?"

"검은콩을 넣은 밥, 튀긴 바나나 그리고 찌개요."

소년은 테라스에서 이 단 금속 용기에 음식을 담아왔다. 나이프와 포크, 스푼도 한 세트씩 종이 냅킨에 싸서 주머니에 챙겨왔다.

"누가 준 거냐?"

"마틴이요. 주인아저씨 말예요."

"그이한테 고맙다는 인사를 해야겠구나."

"제가 벌써 했어요. 할아버지는 안 하셔도 돼요." 소년이 말했다.

"큰 고기를 잡으면 뱃살을 좀 줘야겠다." 노인이 말했다. "우리에게 음식을 준 것이 이번이 처음이 아닌 걸로 아는데."

"그럴 거예요."

"그렇다면 뱃살 말고 다른 것도 좀 줘야겠구나. 아주 인정이 많은 사람이니 말이다."

"맥주도 두 개 주셨어요."

"나는 깡통 맥주가 제일 좋더라."

"알아요. 하지만 이건 병에 든 아투에이 맥주예요. 빈 병은 제가 갖다 줄게요."

"나야 그래 주면 좋지." 노인이 말했다. "그럼 이제 먹어볼까?"

"아까부터 제가 먹자고 했잖아요." 소년이 노인에게 다정하게 말했다. "할아버지가 식사 준비가 다 될 때까지 그릇을 열고 싶지 않았어요."

"이제 식사 준비 다 됐다." 노인이 말했다. "손 씻을 시간이 좀 필요했을 뿐이야."

할아버지가 어디서 손을 씻으셨다는 거지? 소년은 생각했다. 마을 상수도는 할아버지 집이 있는 길에서 두 개 아래에 있었다. 할아버지한테 물을 좀 길어 드려야겠어, 하고 소년은 생각했다. 비누와 깨끗한 수건도. 내가 왜 그 생각을 미처 못 했을까? 겨울에 입을 셔츠와 바지도 한 벌 갖다 드리고, 신발과 담요도 하나씩 더 갖다 드려야지.

"찌개가 참 맛있구나." 노인이 말했다.

"야구에 대해 얘기해주세요." 소년이 노인에게 졸랐다.

"아메리칸 리그 우승은 내가 말했듯이 양키스가 확실

해." 노인이 흡족한 표정으로 말했다.

"오늘 경기에서 졌잖아요." 소년이 말했다.

"그건 상관없어. 위대한 디마지오가 제 기량을 회복했거든."

"팀에 다른 선수들도 있잖아요."

"그건 그렇지. 하지만 디마지오가 없으면 이야기가 달라져. 다른 리그의 경우, 브루클린과 필라델피아가 붙으면 난 브루클린을 택할 수밖에 없거든. 딕 시슬러와 그가 옛 구장에서 날린 굉장한 타구를 생각 안 할 수가 없단 말이지."

"정말 유례 없는 타구였죠. 그렇게 멀리 간 장타는 첨 봤다니까요."

"그 선수가 테라스에 오곤 했던 거 기억나니? 그 선수하고 낚시 한번 가보고 싶었는데, 내가 너무 소심해서 같이 가자는 말도 못 했지. 그러다가 너한테 한번 물어보라고 했는데, 너도 소심해서 말을 못 꺼냈고."

"알아요. 진짜 큰 실수였어요. 같이 가자고 했으면 우리하고 같이 갔을 텐데. 그랬더라면 평생 기억에 남을 만한 일이 됐겠죠."

"위대한 디마지오하고 낚시 한번 가고 싶구나." 노인이 말했다. "사람들 말로는 그 선수 아버지도 어부였다고 하더구나. 아마 그 선수도 너나 나처럼 가난하게 살아서 우리를 잘 이해해줄지도 모르지."

"위대한 시슬러의 아버지는 가난했던 적이 한 번도 없었어요. 그 사람은, 그러니까 그 선수 아버지는 제 나이 때 벌써 빅 리그에서 활약했거든요."

"네 나이 때 나는 아프리카를 항해하는 가로돛을 단 배의 선원이라 저녁이면 해안가에서 사자와 마주치곤 했단다."

"저도 알아요. 전에도 이야기해주셨잖아요."

"아프리카 이야기를 할까, 야구 이야기를 할까?"

"야구 이야기요." 소년이 말했다. "위대한 존 호타 맥그로 이야기를 해주세요." 소년은 J라는 약자를 호타라고 발음했다.

"그 사람도 왕년에 테라스에 가끔 들르곤 했지. 하지만 그 사람은 술만 마셨다 하면 난폭해지고 입이 험악해져서 상대하기가 힘들었어. 그는 야구뿐만 아니라 경마에도 빠져 있었는데 주머니 속에 늘 경마용 말 리스트를 넣고 다니면서 전화기에다 대고 뻔질나게 말 이름을 대곤 했지."

"감독으로서는 훌륭했잖아요." 소년이 말했다. "아빠는 그가 제일 훌륭한 감독이었다고 생각해요."

"왜냐하면 여기 자주 왔었으니까." 노인이 말했다. "듀로셔가 거르지 않고 매년 여기 왔더라면 너의 아버지는 듀로셔가 최고로 훌륭한 감독이라고 생각했을 게다."

"그럼 누가 제일 훌륭한 감독이죠? 루케인가요, 아니면 마이크 곤잘레스인가요?"

"내 생각엔 둘 다야. 막상막하지."

"그리고 최고의 어부는 할아버지고요."

"아니다. 나보다 더 나은 어부들을 알고 있거든."

"천만에요." 소년이 말했다. "어부 중에는 훌륭한 어부가 있고 최고인 어부가 있어요. 하지만 할아버지는 독보적인 걸요."

"고맙다. 넌 날 기분 좋게 해주는구나. 너무 큰 물고기가 나타나 네 생각이 틀렸다는 걸 증명해 보이지 않기를 바라야겠구나."

"할아버지가 말씀하신 것처럼 아직 기력이 좋으시다면 그런 물고기는 없을 거예요."

"내가 생각하는 것만큼 기력이 좋지 않을지도 모르지." 노인이 말했다. "하지만 나는 요령을 많이 알고 있는 데다가 결의만큼은 대단하지."

"이제 잠자리에 드셔야지 내일 아침에 몸이 가뿐해요. 빈 그릇은 제가 테라스에 갖다 줄게요."

"그럼 잘 자거라. 내일 아침에 내가 깨워주마."

"할아버지가 제 자명종이에요." 소년이 말했다.

"내 자명종은 나이다." 노인이 말했다. "나이가 들면 왜 이렇게 일찍 깨는지 모르겠다. 하루를 좀 더 길게 보내려고 그러는 건가?"

"저도 모르겠어요." 소년이 말했다. "제가 아는 건 어린애들은 늦게까지 자고 일찍 일어나는 걸 힘들어한다는 것뿐이에요."

"나도 어릴 땐 그랬던 것 같구나." 노인이 말했다. "제시간에 깨워주마."

"우리 주인이 깨우는 건 싫어요. 그러면 제가 그 사람만 못한 것 같거든요."

"나도 안다."

"그럼 안녕히 주무세요, 할아버지."

소년은 밖으로 나갔다. 두 사람은 테이블에 불도 켜지 않은 채 저녁을 먹었고, 노인은 어둠 속에서 바지를 벗고 잠자리에 들었다. 바지를 말아 베개 모양으로 만든 뒤 그 안에 신문을 둘둘 말아 넣었다. 그다음에 노인은 담요로 몸을 감고 침대 용수철을 덮은 옛날 신문 위에서 잠을 잤다.

금세 잠이 든 노인은 꿈속에서 어릴 때 갔던 아프리카의 긴 황금빛 해안과 눈이 시리도록 하얀 백사장과 높이 솟은 곶과 장엄한 갈색 산을 보았다. 그는 매일 밤 그 해안에서 사는 꿈을 꾸었다. 꿈속에서 포효하는 파도 소리를 들었고 파도를 헤치며 다가오는 원주민들의 배를 보았다. 잠결에 갑판의 타르와 뱃밥 냄새를 맡았고, 아침이면 육지로부터 불어오는 바람이 싣고 온 아프리카 냄새를 맡았다.

노인은 뭍의 미풍 냄새를 맡을 때쯤 습관적으로 잠에서 깨 옷을 입고 소년을 깨우러 가곤 했다. 그러나 오늘은 그

미풍 냄새를 너무 일찍 맡은 것 같았다. 꿈을 꾸면서도 너무 이른 시각이라는 것을 느낀 노인은 다시 꿈속으로 돌아가 바다에서 솟아오른 섬의 흰 봉우리를 보았다. 이어서 카나리아 군도의 여러 항구며 정박장이 나오는 꿈을 꾸었다.

폭풍우나 여자, 큰 사건, 대어, 싸움, 힘겨루기, 아내, 이런 것들은 더는 꿈에 보이지 않았다. 그는 이제 이런저런 장소에 관한 꿈과 해안을 어슬렁거리는 사자가 나오는 꿈만 꾸었다. 사자들은 저녁놀 속에서 어린 고양이들처럼 놀았다. 노인은 소년을 사랑하는 만큼 그 사자들도 사랑했다. 노인은 소년이 나오는 꿈은 한 번도 꾸지 않았다. 노인은 문득 잠에서 깨 열린 문틈으로 보이는 달을 보며 바지를 입었다. 오두막 밖에서 오줌을 눈 뒤 소년을 깨우기 위해 길을 올라갔다. 새벽 냉기 때문에 몸이 떨렸지만 떨다 보면 몸이 따뜻해진다는 것과 곧 노를 젓게 될 거라는 걸 알았다.

소년이 사는 집 문은 잠겨 있지 않았다. 노인은 문을 열고 맨발로 조용히 집 안으로 들어갔다. 소년은 첫 번째 방 간이침대에 잠들어 있었고, 저물어가는 마지막 달빛 덕분에 노인은 소년을 확실하게 알아볼 수 있었다. 노인은 소년의 한쪽 발을 살며시 잡았다. 소년이 잠에서 깨 눈을 뜨고 고개를 돌려 노인을 바라볼 때까지 그렇게 발을 꼭 잡고 있었다. 노인이 고개를 끄덕이자 소년은 침대에서 일어나 옆 의자에 있던 바지를 집어 들어 입었다.

노인이 문밖으로 나가자 소년이 뒤따라 나왔다. 소년은 아직 잠이 덜 깬 상태였기 때문에 노인은 소년의 어깨에 팔을 걸치며 "미안하다"고 말했다.

"천만에요." 소년이 말했다. "사내라면 해야 할 일인걸요."

두 사람은 길을 따라 노인의 오두막까지 내려갔다. 가는 길 내내 어둠 속에서 맨발의 사내들이 자기네들 배에 달 돛대를 옮기며 움직이고 있는 게 보였다.

노인의 오두막에 이르자 소년은 궤짝에 있는 낚싯줄 다발과 작살과 갈고리를 챙겼고, 노인은 돛이 감긴 돛대를 어깨에 짊어졌다.

"커피 드실래요?" 소년이 물었다.

"우선 어구를 배에 실은 다음 마시자꾸나."

두 사람은 어부들을 상대로 장사하는 가게에서 아침 일찍 연유 깡통에 커피를 담아 마셨다.

"잘 주무셨어요, 할아버지?" 소년이 물었다. 여전히 잠을 쫓기가 힘들긴 했지만 소년은 이제 잠이 거의 깬 상태였다.

"푹 잘 잤단다, 마놀린." 노인이 대답했다. "오늘은 왠지 좋은 일이 있을 것 같다는 느낌이 드는구나."

"저도 그래요." 소년이 말했다. "이제 할아버지와 제가 쓸 정어리하고 할아버지가 쓸 미끼를 가져와야겠어요. 주인아저씨는 자기 어구는 자기가 챙겨오거든요. 다른 사람이 가져오는 걸 싫어해요."

"난 그 사람하고는 달라." 노인이 말했다. "난 네가 다섯 살 때부터 짐을 나르게 했지."

"저도 알아요." 소년이 말했다. "금방 다녀올게요. 커피 한 잔 더 드시고 계세요. 우린 이 가게에서 외상으로 살 수 있으니까 괜찮아요."

소년은 산호암 위를 맨발로 걸어 미끼를 저장해둔 얼음 창고로 갔다.

노인은 천천히 커피를 마셨다. 그날 하루 동안 먹을 거라고는 커피뿐이었기 때문에 그걸 마셔둬야 한다는 걸 잘 알고 있었다. 노인은 먹는 게 귀찮아진 지 오래인 데다 점심도 챙겨 다니지 않았다. 챙겨 다니는 것이라고는 뱃머리에 있는 물 한 병뿐이었는데, 하루에 물 한 병이면 충분했다.

소년이 정어리와 미끼 두 마리를 신문지에 싸서 들고 왔다. 두 사람은 자갈이 섞인 모래의 감촉을 발바닥으로 느끼며 오솔길을 걸어 내려가 배를 들어 올려 물에 띄웠다.

"행운을 빌어요, 할아버지."

"너도 행운을 빈다." 노인이 말했다. 노인은 노를 잡아매는 노끈을 노받이 핀에 끼워 고정시킨 다음 몸을 앞으로 굽혀 노를 저어 어둠이 가시지 않은 항구에서 바다를 향해 물살을 헤쳐 나갔다.

다른 해안에도 바다로 출항하는 배가 여럿 있었지만 달이 언덕 너머로 져버려 보이지 않았다. 그러나 어부들의 노가 바닷물을 치고 밀고 하는 소리는 또렷하게 들렸다.

가끔 누군가가 배에서 말하는 소리가 들렸지만 대부분 노 젓는 소리 말고는 조용했다. 항구 어귀를 빠져나온 어부들은 각자 흩어져 고기가 잡힐 만한 바다를 향해 나아갔다. 먼바다까지 나가볼 작정이었던 노인은 뭍 냄새를 뒤로한 채 이른 아침 신선한 바다 냄새를 향해 노를 저어 나아갔다. 해류가 해저의 가파른 절벽에 부딪히면서 생기는 소용돌이 때문에 온갖 종류의 물고기들이 끌려 들어오는 지점이 있는데, 수심이 갑자기 칠백 길 이상 깊어져서 어부들 사이에서 '큰 우물'이라고 불리는 지점을 지날 무렵 노인은 멕시코만 해초의 인광을 보았다. 수심이 가장 깊은 지점에는 새우나 미끼로 쓸 만한 고기나 오징어 떼 같은 것이 가끔 물살에 휘말려 들어오곤 했다. 그러다가 밤이 되면 수면 가까이로 올라와 주변을 지나가던 고기들한테 잡아 먹혔다.

어두운 가운데서도 노인은 아침이 오고 있는 것을 느낄 수 있었다. 노를 저어 가다 보니 날치가 수면 위로 치솟으며 내는 소리와 어둠 속에서 빳빳한 날개를 쉬익쉬익 치며 날아가는 소리가 들렸다. 바다에 나가면 제일 가까운 친구가 날치였기 때문에 노인은 날치를 무척 좋아했다. 노인은 새들, 특히 늘 허탕만 치면서도 계속해서 먹이를 찾아 날아다니는 가냘픈 검은 제비갈매기를 가장 안쓰러워했다.

도둑갈매기나 덩치가 크고 힘이 센 새들을 제외하면 새

들이 사람보다 더 팍팍한 삶을 살고 있지, 라고 노인은 생각했다. 바다가 얼마나 잔인한데. 제비갈매기같이 여리고 조그만 새들은 왜 생겨났을까? 바다는 친절하고 무척 아름다워. 하지만 바다는 무척, 그리고 갑자기 잔인해질 수 있는 곳이어서 조그만 목소리를 내고 자맥질해가며 먹잇감을 찾아 날아다니는 새들은 바다에서 살기에는 너무 연약하게 창조됐지.

노인은 바다를 늘 '라 마르(la mar)'라고 생각했다. 사람들이 바다를 사랑스럽게 여길 때 부르는 스페인어다. 바다를 사랑스럽게 여기는 사람들이 가끔 바다에 대해 험한 말을 하는 경우도 있긴 하지만 그럴 때조차도 사람들은 바다가 여자인 듯이 말했다. 젊은 어부들 가운데 한때 상어 간으로 큰돈을 벌어 산 모터보트를 타고 낚싯줄에 부표를 매달고 낚시하는 사람들은 바다를 남성으로 취급해 '엘 마르(el mar)'라고 부르기도 했다. 그들은 바다가 마치 경쟁 상대거나 어떤 장소거나 심지어 적인 것처럼 말했다. 하지만 노인은 바다를 늘 여성으로, 큰 부탁을 했을 때 그걸 들어주거나 거절하는 존재인 양, 천성이 그렇기 때문에 어쩔 수 없이 사납고 모진 짓을 하는 존재인 듯 여겼다. 여자처럼 바다도 달의 영향을 받고 있다고 생각했기 때문이다.

노인은 꾸준히 노를 저었지만 별로 힘들지 않았다. 간혹해류가 소용돌이칠 때를 제외하고는 바다 수면은 잔잔하게 제 속도를 잘 지키고 있었다. 노 젓는 수고를 3분의 1 정도 해류에 맡긴 채 항해하던 노인은 날이 밝아오기 시작할 즈음 그 시간이면 도착하고 싶었던 지점보다 훨씬 먼 곳까지 나왔다는 것을 알았다.

깊은 해구에서 일주일 동안 고생했지만 허사였지, 하고 노인은 생각했다. 오늘은 다랑어와 날개다랑어 떼가 있는 곳에서 낚시를 해봐야지. 그 가운데 큰 놈이 있을지도 모르니까.

날이 완전히 밝기 전에 노인은 벌써 미끼를 다 던져놓고 해류에 실려 떠다니고 있었다. 미끼 하나는 사십 길 아래로 드리웠다. 두 번째 미끼는 칠십오 길, 세 번째와 네 번째 미끼는 각각 백 길과 백이십오 길 푸른 바다 아래로 드리웠다. 꼿꼿한 낚싯바늘을 미끼용 고기 속에 단단히 밀어 넣고, 밖으로 튀어나온 구부정하고 뾰족한 낚싯바늘 부분에 싱싱한 정어리를 끼워 정어리 머리 부분이 아래쪽을 향하도록 매달아 놓았다. 정어리들의 양쪽 눈을 낚싯바늘로 꿰어 나란히 달아놓자 휜 쇠고리에 반원형 화환을 씌운 것처럼 보였다. 큰 고기가 와서 입질할 때 어느 한 부분도 달짝지근한 냄새와 입맛을 돋우지 않을 만한 부분이 없도록 했다.

소년은 노인에게 다랑어 중에서도 싱싱한 날개다랑어 새끼 두 마리를 주었는데 이 미끼는 제일 깊이 드리운 낚싯줄에 저울추처럼 매달아 놓았다. 그리고 나머지 두 개의 낚싯줄에는 큼직한 푸른 줄무늬 전갱이와 황색 전갱이가 매달려 있었다. 이 미끼는 예전에 쓰다 남은 것이었지만 아직 상태가 좋을 뿐만 아니라 냄새를 풍기며 고기를 유혹할 만한 물 좋은 정어리로 둘러싸여 있었다. 연필만큼 굵은 낚싯줄에는 고기가 미끼를 조금만 잡아당기거나 건드리기만 해도 물속으로 곤두박질할 초록색 막대찌를 묶어두었고, 두 개의 사십 길짜리 사리를 단 낚싯줄에는 다른 낚싯줄 사리를 더 연장할 수 있도록 각각 여분을 두어 필요한 경우 물고기가 최고 삼백 길 이상 끌고 가도 문제없게 했다.

이제 노인은 막대찌 세 개가 물속에 잠긴 것을 뱃전 너머로 지켜보며 낚싯줄이 적당한 수심에서 아래위로 팽팽하게 드리워질 수 있도록 살살 노를 저었다. 사위가 꽤 환해진 걸 보니 금방이라도 해가 떠오를 것 같았다.

해가 바다 위로 희미하게 떠오르자 해안 쪽에 있는 다른 고깃배들이 조류를 가로질러 물 위에 야트막하게 떠 있는 것이 보였다. 날이 점점 더 밝아오면서 눈부신 빛이 수면 위에서 반짝거렸다. 해가 완전히 수평선 위로 솟아오르자 잔잔한 해수면에 햇살이 반사되는 바람에 눈이 따가웠다. 그래서 노인은 해가 있는 쪽을 보지 않고 노를 저었다. 바닷물속을 들여다보니 낚싯줄이 어두운 물속으로 똑바로 드리워져 있었다. 만류의 깊이에 따라 어두운 정도가 달라도 주변을 지나가는 고기가 있으면 정확한 지점에서 반드시 미끼가 고기를 기다릴 수 있도록 노인은 그 누구보다 줄이 똑바로 내려가 팽팽하게 유지되도록 했다. 다른 어부들은 해류에 낚싯줄을 맡긴 채 둥둥 떠다니도록 내버려두었기 때문에 줄이 수심 백 길 아래에 가 있다고 생각하지만 실제로는 육십 길밖에 안 되는 경우가 허다했다.

나는 낚싯줄을 정확하게 유지하지. 노인은 생각했다. 단지 운이 안 따라줄 뿐이야. 하지만 누가 알아 오늘이 운이 좋은 날일지. 매일매일이 새로 시작되는 날이니까. 운은 없는 것보다 있는 게 좋지. 하지만 난 정확한 걸 원해. 운이 찾아왔을 때 운을 맞을 준비가 갖추어져 있어야 하니까.

해가 뜬 지 두 시간이 지나자 동쪽을 바라보아도 더는 눈이 아프지 않았다. 시야에 들어오는 배는 단 세 척뿐이었고, 그나마도 멀리 해안 쪽에 낮게 떠 있었다.

평생 이른 아침 햇살 때문에 눈이 상했지, 하고 노인은 생각했다. 그래도 아직 멀쩡해. 저녁때는 해를 쳐다봐도 눈이 깜깜해지지 않거든. 저녁 햇살이 더 강한데도 말이야. 그런데 아침 해는 눈이 따갑단 말이야.

바로 그때 길쭉한 검은 날개를 가진 군함새 한 마리가 저 앞쪽 하늘을 빙빙 맴돌고 있는 것이 보였다. 새는 날개를 뒤로 뻗은 채 비스듬한 자세로 급강하하더니 다시 날아올라 하늘을 빙빙 맴돌았다.

"저놈이 뭘 점찍었군." 노인이 큰소리로 말했다. "괜히 유람하고 있는 게 아니야."

노인은 새가 빙빙 돌고 있는 곳을 향해 꾸준하게 천천히 노를 저어갔다. 서두르지 않으면서 낚싯줄이 아래위로 팽팽한 상태를 유지하도록 했다. 다만 물살을 헤치며 약간 앞으로 나아갔기 때문에 새를 이용하지 않고 낚시질할 때보다는 좀 더 속도를 냈다.

새는 더 높이 하늘로 날아오르더니 날갯짓을 멈춘 채 다시 그 자리를 빙빙 맴돌았다. 그러다가 갑자기 수면을 향해 급강하하자 날치 한 마리가 물 밖으로 튀어 올라 수면 위를 필사적으로 나는 것이 보였다.

"만새기다." 노인은 짧게 소리쳤다. "큰 만새기 떼야."

그는 노를 거두고 뱃머리 아래에서 작은 낚싯줄 하나를 꺼냈다. 중간 크기의 낚싯바늘이 달린 철사로 된 목줄에 정어리 한 마리를 미끼로 달았다. 그리고 그것을 뱃전 너머로 던진 뒤 고물 쪽에 있는 고리쇠에 단단히 붙들어 맸다. 그러더니 다른 낚싯줄에도 미끼를 달아 이물 쪽 그늘진 구석에 둘둘 감아놓았다. 노인은 다시 노를 저으며 검은 새가 긴 날개를 펴고 수면 위를 낮게 날며 먹이를 찾고 있는 것을 지켜보았다.

노인이 지켜보는 동안 새는 다시 한번 날개를 비스듬히 한 채 수면을 향해 급강하하더니 날치를 쫓아 활개를 쳤지만 헛수고였다. 그때 큰 만새기 떼가 달아나는 날치를 뒤쫓느라 수면이 약간 볼록하게 솟아오르는 것을 볼 수 있었다. 만새기는 날치가 바다로 떨어질 때 바로 잡을 수 있도록 달아나는 날치 바로 아래에서 물살을 헤치며 속력을 내고 있었다.

대단한 만새기 떼로군, 하고 노인은 생각했다. 만새기 떼가 넓게 퍼져 있었기 때문에 날치들은 죽은 목숨이나 다름 없었다. 새는 날치를 잡을 가망이 전혀 없었다. 날치는 너무 크고 너무 빨라서 새의 먹잇감이 되기에는 어림도 없었기 때문이다.

노인은 날치들이 계속해서 물 위로 튀어 오르고 그걸 잡으려고 헛고생하는 새를 지켜보았다. 노인은 생각했다. 저 만새기 떼는 놓쳤어. 너무 빠른 데다 너무 멀리 가버렸는걸. 하지만 무리에서 떨어져 나온 놈이 하나쯤 걸리거나 내가 노리는 커다란 물고기가 저놈들 주변에 있을지도 모르지. 내가 잡으려는 큰 물고기가 분명 어딘가에 있을 거야.

멀리 육지 위에는 구름이 산처럼 피어올랐고 해안은 푸르스름한 회색빛 능선을 배경으로 길쭉한 초록색 선처럼 보였다. 물빛은 짙은 청색이었는데 이제 너무 짙어져 거의 보라색에 가까웠다. 물속을 들여다보니 체로 쳐서 뿌려놓은 듯한 불그스름한 플랑크톤과 햇빛이 빚어내는 이상한 광선들이 어우러져 있었다. 노인은 낚싯줄이 눈에 보이지 않을 만큼 깊은 곳까지 똑바로 드리워져 있는지 살폈다. 플랑크톤이 그렇게 많다는 것은 물고기가 있다는 증거였기 때문에 노인은 기뻤다. 한층 높이 뜬 해가 물속에 빚어내는 기이한 광선은 날씨가 좋다는 증거였다. 육지 위에 걸린 구름의 형태 또한 마찬가지였다. 하지만 새들은 이제 시야에서 사라져 보이지 않았다. 해수면에는 햇빛에 누렇게 색이 바랜 모자반류의 해초 더미들과 보라색 형광 빛을 내며 배 가까이에서 떠내려가고 있는 고깔해파리의 젤리 같은 뚜렷한 형상의 부레 외에는 아무것도 보이지 않았다. 해파리는 몸을 옆으로 뉘었다가 다시 똑바로 세웠다. 해파리는 치명적인 독을 품고 있는 긴 보라색 촉수를 물속으로 일 미터 가까이 드리운 채 물방울같이 느긋하게 떠내려가고 있었다.

"고깔해파리로군." 노인이 말했다. "이런 망할 것들 같으니라고."

노에 몸을 기댄 채 물속을 가만히 들여다보니 흐물흐물 늘어진 해파리 촉수와 같은 색깔을 띤 조그만 물고기들이 촉수 사이, 혹은 물방울같이 생긴 부레가 물에 떠내려가면서 만들어놓은 조그만 그늘 아래서 헤엄치고 있었다. 이 물고기들은 해파리 독에 면역되어 있었다. 하지만 사람은 그렇지 못했기 때문에 낚시하다가 낚싯줄에 끈끈하게 들러붙은 보라색 독세포에 손이나 팔이 닿기라도 하면 덩굴 옻이나 옻나무를 만졌을 때처럼 두드러기나 발진이 생겼다. 해파리 중에서도 특히 '아구아 말라'의 독은 금세 퍼져서 마치 채찍으로 맞은 듯한 증상을 보였다.

형광빛 방울들은 아름다웠다. 하지만 이 방울들은 바다에서 겉모양에 속아 봉변을 당하기 쉬운 것이어서 노인은 커다란 바다거북이 해파리를 잡아먹는 걸 보면 반갑기까지 했다. 바다거북은 방울을 발견하면 정면으로 접근해 갑옷으로 무장하듯 눈을 감은 뒤 촉수든 뭐든 통째로 몽땅 잡아먹었다. 노인은 바다거북이 해파리를 잡아먹는 모습을 보며 즐거워했을 뿐만 아니라, 태풍이 지나간 뒤 해변에 떠내려온 해파리를 발견하면 딱딱하게 뿔처럼 굳은 발바닥으로 밟아 팡 하고 터뜨리곤 했는데 그때 나는 소리도 좋아했다.

노인은 우아하고 날쌘 초록 바다거북이나 대모거북을 특히 좋아했지만, 등껍질이 누렇고 이상하게 교미를 하며 눈을 감은 채 고깔해파리를 게걸스럽게 먹어 치우는 멍청하고 덩치가 큰 왕바다거북은 별 뜻 없이 경멸했다.

노인은 여러 해 동안 바다거북잡이 배를 탄 적이 있긴 하지만 바다거북에 대한 신비감은 전혀 없었다. 심지어 바다거북을 보면 측은한 생각마저 들었다. 길이가 조각배만 하고 무게가 일 톤이나 되는 거대한 장수거북을 봐도 그랬다. 바다거북은 난도질을 당하고 도살을 당한 후에도 몇 시간 동안이나 심장이 뛰기 때문에 대부분의 사람들은 바다거북을 모질게 대했다. 노인은 자기도 그런 심장을 갖고 있고 바다거북 같은 손과 발을 가지고 있다고 생각했다. 그는 힘을 기르기 위해 하얀 바다거북 알을 먹곤 했다. 9월과 10월에 커다란 물고기를 낚을 힘을 기르기 위해 5월 한 달 내내 바다거북 알을 먹었던 것이다.

노인은 또 어부들이 어구를 보관해두는 창고에 있는 큰 드럼통에서 매일 상어 간유를 한 컵씩 따라 마셨다. 그 간유는 어부 중 누구든 원하면 와서 마시라고 놔둔 것이었다. 대부분의 어부는 간유 맛을 싫어했다. 그러나 제시간에 일어나야 하는 고역에 비하면 아무것도 아닌 데다가, 간유는 감기나 유행성 독감에도 좋고 눈 건강에도 좋았다.

고개를 들어 하늘을 바라보니 새가 다시 하늘을 맴돌고 있는 게 보였다.

"저놈이 고기를 찾았군." 그는 큰소리로 말했다. 아까처럼 수면 위로 날아오르는 날치도, 먹잇감이 될 만한 물고기가 흩어지는 것도 보이지 않았다. 하지만 노인이 계속 지켜보고 있자니 다랑어 새끼 한 마리가 공중으로 치솟았다가 빙글 돌더니 대가리를 처박으며 물속으로 곤두박질치는 것이 보였다. 다랑어는 햇빛을 받아 은색으로 반짝거렸고 한 놈이 물속으로 떨어지기가 무섭게 사방팔방에서 수많은 다랑어들이 해수면을 마구 휘저으며 먹이를 쫓아 연달아 껑충껑충 높이 치솟았다가 물속으로 떨어졌다. 다랑어들은 먹잇감 주변을 에워싸며 몰아가고 있었다.

저놈들이 너무 빨리만 이동하지 않는다면 내가 따라잡을

수 있을 텐데, 하고 노인은 생각하면서 물고기 떼가 일으키는 하얀 포말과 겁에 질린 채 어쩔 수 없이 해수면 위로 내몰린 먹잇감인 물고기들을 향해 새가 쏜살같이 내려와 주둥이를 처박는 모습을 지켜보았다.

"새가 꽤 도움이 되는군." 노인이 말했다. 바로 그때 고리로 만들어서 밟고 있던 낚싯줄이 발밑에서 팽팽해졌다. 노를 놓고 낚싯줄을 단단히 쥔 채 끌어올리자 파르르 떨며 저항하는 다랑어의 무게가 온전히 느껴졌다. 줄을 끌어올릴수록 더 심하게 파드득거렸다. 다랑어의 푸른 잔등과 황금빛 옆구리가 보이기 시작하자 노인은 고기를 뱃전으로 휙 끌어올렸다. 총알 모양으로 단단하게 생긴 다랑어는 커다란 눈을 멍하게 뜬 채 날렵한 꼬리를 연속 퍼드덕거리며 배 판자 바닥 위에서 필사적으로 펄떡거렸다. 노인은 다랑어를 생각해 즉사시키려고 머리를 힘껏 내려친 뒤 그래도 펄떡거리는 다랑어를 발로 차서 고물의 구석진 곳으로 보냈다.

"날개다랑어군." 노인이 큰소리로 말했다. "미끼로 쓰면 아주 좋겠어. 5킬로그램 정도는 나가겠는걸."

노인은 언제부터 자기가 이렇게 큰소리로 혼잣말을 하기 시작했는지 기억나지 않았다. 예전에는 혼자 있을 때면 노래를 부르곤 했다. 예컨대 고기잡이 돛배나 거북잡이 배에서 밤에 혼자 당직을 서며 키를 잡고 있을 때면 노래를 불렀다. 아마 혼자 있을 때 큰소리로 중얼대기 시작한 것은 소년이 떠나고 나서부터인 것 같았다. 하지만 기억나지 않았다. 소년과 함께 고기잡이하던 시절 두 사람은 대개 꼭 필요한 때만 말을 했다. 두 사람은 밤이나 악천후로 인해 발이 묶였을 때 주로 이야기를 나눴다. 바다에서는 필요한 경우가 아니면 말을 하지 않는 것을 미덕으로 여겼기 때문에 노인은 항상 그것을 의식하고 또 지키려 했다. 하지만 이제는 큰소리로 말해도 싫어할 사람이 없었기 때문에 혼자 있을 때도 머릿속으로 생각나는 걸 밖으로 내뱉었다.

"이렇게 큰소리로 지껄이는 걸 남들이 들으면 내가 미친 줄 알겠지." 노인은 큰소리로 말했다. "하지만 난 미치지 않았으니까 상관없어. 돈 많은 사람들이야 라디오가 있어서 배를 타고 있을 때 이야기도 들려주고 야구 중계도 해주지만 말이야."

지금은 야구 생각을 할 때가 아니야, 하고 노인은 생각했다. 지금은 딱 한 가지만 생각할 때야. 난 그걸 위해 태어난 사람이지. 저 물고기 떼 주변에 아주 큰 놈이 한 마리 있을지도 몰라. 난 먹이를 쫓는 날개다랑어 떼 가운데서 비실비실한 놈을 한 마리 낚았을 뿐이야. 하지만 그 고기 떼는 너무 빨리, 너무 멀리 이동하고 있어. 오늘 해수면에 보이는 것들은 죄다 아주 빠르게 북동쪽으로 이동하고 있군. 하루 중 그럴 때라서 그런 걸까? 아니면 내가 모르는 어떤 기후의 징후일까?

이제 해안선에 보이던 초록 선은 보이지 않고 마치 눈이 덮인 듯 하얗게 빛나는 푸른 산봉우리와 눈이 내린 산처럼 그 위에 떠 있는 구름밖에는 보이지 않았다. 바다가 워낙 어둡다 보니 물속으로 들어간 빛은 프리즘 효과를 냈다. 무수한 반점같이 떠 있던 플랑크톤 떼는 높이 뜬 해가 절멸시켰고 노인의 눈에 보이는 거라곤 푸른 바다 깊숙이 프리즘처럼 분사되는 빛과 수심 천오백 미터 깊이까지 곧게 드리워진 낚싯줄뿐이었다.

다랑어 떼는 다시 물속으로 내려가 버렸다. 어부들은 이런 종류의 고기는 전부 다랑어라 불렀고 그 고기를 팔거나 미끼용으로 교환할 때만 제대로 된 이름으로 불렀다. 이제 해가 제법 뜨거워져 노인은 목덜미가 뜨끈뜨끈하고 배를 저으면 등줄기를 타고 땀이 주르륵 흘러내리는 것을 느낄 수 있었다.

노인은 생각했다. 물결에 배를 맡기고 잠시 잠을 좀 자도 되지 않을까. 발가락에 낚싯줄을 감아놓고 자면 물고기가 입질할 때 깰 수 있으니까. 하지만 오늘은 여든 다섯째 날이니 반드시 제대로 된 고기를 낚아야 해.

바로 그때 낚싯줄을 바라보고 있던 노인의 눈에 물 위로 나와 있던 초록색 막대찌 하나가 물속으로 쏙 들어가는 것이 보였다.

"옳지." 그는 말했다. "옳지." 노인은 노를 배에 부딪치지 않게 가만히 거두어들였다. 그러고는 손을 내밀어 오른손 엄지와 검지로 낚싯줄을 살며시 거머쥐었다. 그 어떤 저항 감이나 무게도 느껴지지 않았다. 노인은 낚싯줄을 가볍게 잡았다. 그러자 또다시 느낌이 왔다. 이번에는 탱탱하지도 묵직하지도 않은 그냥 살짝 당겨보는 느낌이었는데 노인은 그것이 뭘 의미하는지 정확하게 알고 있었다. 수심 백 길 밑 에 던져놓은 낚싯바늘의 뾰족한 부분과 끝부분을 뒤덮고 있는 정어리를 청새치 한 마리가 먹고 있는 중이었던 것이 다. 그 끝에는 손으로 별러 만든 낚싯바늘이 다랑어 새끼 대 가리 위로 툭 튀어나와 있을 터였다.

노인은 조심스럽게 낚싯줄을 잡고는 왼손으로 낚싯줄을 낚싯대에서 살살 풀어냈다. 이제 고기가 아무 눈치도 못 채 게 하면서 손가락 사이로 줄이 풀려나가게 할 수 있었다.

때도 때이지만 이렇게 먼바다에 사는 거로 봐서 엄청나 게 큰 놈인 게 틀림없어, 하고 노인은 생각했다. 미끼를 먹 어라, 물고기야. 미끼를 먹어. 제발 미끼를 먹어다오. 얼마 나 싱싱한지 모른단다. 게다가 넌 백팔십 미터나 되는 어둡 고 차가운 바닷물 속에 있잖니. 그 깜깜한 곳에서 되돌아와 정어리를 먹으렴.

그는 가볍지만 조심스러운 입질을 느꼈다. 그다음엔 정어 리 대가리를 바늘에서 뜯어내기가 어려워질 때쯤 되자 더 강한 입질이 느껴졌다. 그러고는 아무런 움직임이 없었다.

"착하지." 노인이 큰소리로 말했다. "한 번 더 돌아오렴. 냄새만 맡아보라고. 군침이 돌지 않니? 먼저 정어리를 먹고 그다음에는 다랑어를 먹으렴. 탱탱하고 시원한 게 맛이 아주 그만이란다. 사양 말고 어서 먹으렴, 고기야."

노인은 엄지와 집게손가락으로 낚싯줄을 쥔 채 가만히 기다렸다. 고기가 위나 아래로 헤엄칠지도 모르기 때문에 잡고 있는 낚싯줄 외에 다른 낚싯줄도 동시에 눈여겨보고 있었다. 그때 조금 전처럼 조심스레 미끼를 건드려보는 기척이 전해져왔다.

"먹이를 물 거야." 노인이 큰소리로 말했다. "하느님 제발 미끼를 물게 해주소서."

하지만 고기는 미끼를 물지 않았다. 고기는 그냥 가버렸고, 노인은 아무런 기척도 느낄 수 없었다.

"가버렸을 리가 없어." 노인이 말했다. "절대로 그놈이 그냥 가버렸을 리 없어. 한번 빙 돌고 있을 거야. 아마 예전에 낚싯바늘에 걸려서 혼난 적이 있었던 걸 기억하고 있는지도 모르지."

그때 마침 반갑게도 낚싯줄을 가볍게 건드리는 느낌이 왔다.

"그냥 한번 휘이 돌아봤던 거지. 이번에는 분명히 물 거야." 노인이 말했다.

가볍게 당기는 힘을 느끼고는 반가워하고 있는데 뭔가

믿기 어려울 정도로 육중하고 다부진 힘이 느껴졌다. 노인이 느낀 것은 고기의 무게였다. 노인은 여분으로 둘둘 감아 두었던 낚싯줄 사리 뭉치 가운데 하나에서 낚싯줄이 술술 풀려나가도록 했다. 그 줄이 노인의 손가락 사이로 미끄러져 나가는 동안 엄지와 집게손가락으로 낚싯줄을 살짝만 잡고 있었는데도 엄청난 중량감이 느껴졌다.

"대단한 고기구만." 노인이 말했다. "이놈이 미끼를 옆으로 문 채 그대로 달아나고 있는 거야."

그러다가 돌아서서는 미끼를 삼킬 테지. 노인은 생각했다. 하지만 그 생각을 입 밖으로 내서 말하진 않았다. 좋은 일이 있을 때 그걸 말해버리면 운이 달아나버린다는 것을 알고 있었기 때문이었다. 노인은 그것이 얼마나 거대한 고기인지 알고 있었다. 정어리를 옆으로 문 채 어둠 속을 유영하고 있는 고기를 머릿속으로 상상해보았다. 그 순간 고기가 멈추는 듯한 느낌이 왔지만 무게감은 여전했다. 그러다 그 무게감이 점점 커지자 줄을 더 풀어주었다. 엄지와 검지로 낚싯줄을 좀 더 단단히 잡자 무게감이 더 커지면서 수직으로 내려가는 느낌이 들었다.

"놈이 확실히 걸려들었군. 이제 실컷 먹도록 해줘야지." 노인이 말했다.

그는 낚싯줄이 손가락 사이로 미끄러져 나가게 하는 한편 왼손을 뻗어 여분의 낚싯줄 사리 끄트머리를 옆에 있는 낚싯줄용으로 쓸 여분의 사리 두 뭉치 끄트머리에 단단히 옭아맸다. 이제 그는 모든 준비를 마쳤다. 사용 중인 낚싯줄 외에도 사십 길짜리 사리를 세 개나 여분으로 준비해두었다.

"자, 먹고 또 먹어라." 노인이 말했다. "실컷 먹어."

뾰족한 낚싯바늘 끄트머리가 네 심장까지 가서 너를 찔러 죽일 만큼 집어삼켜라, 하고 노인은 생각했다. 순순히 떠올라서 너를 작살로 찌를 수 있게 해다오. 그래, 잘한다. 이제 준비가 됐니? 식사는 충분히 했어?

"자, 간다!" 노인은 소리를 지르며 양손으로 줄을 힘껏 낚아채 일 미터 정도 끌어올린 다음 몸을 무게 축으로 삼고 팔힘을 있는 대로 발휘해 두 팔로 번갈아 가며 줄을 연거푸 세차게 잡아당겼다.

그러나 아무 소용이 없었다. 고기는 천천히 반대쪽으로 움직이기 시작했고 노인은 고기를 단 몇 센티미터도 끌어올릴 수 없었다. 커다란 물고기를 잡기 위해 튼튼하게 만들어진 낚싯줄을 등에 메고 있자니 줄에서 물방울이 구슬처럼 탁탁 튈 정도로 줄이 팽팽해졌다. 물속에서 고기가 천천히 쉬익쉬익하는 소리를 냈지만 노인은 여전히 줄을 붙잡고는 고기의 저항에 대비해 마음의 준비를 했다. 그러고는 고기가 당기는 힘에 맞서기 위해 가로장에 몸을 의지한 채몸을 뒤로 젖히며 버텼다. 그러자 배는 북서쪽으로 방향을 틀더니 천천히 이동하기 시작했다.

고기는 꾸준히 움직였고, 노인도 고기와 더불어 고요한 바다 위를 천천히 이동했다. 다른 미끼들이 아직 물속에 드리워져 있었지만 어떻게 할 도리가 없었다.

　"이럴 때 그 애가 있었으면" 하고 노인은 소리 내어 말했다. "배는 고기에게 끌려가는 꼴이고 나는 견인 기둥이 된 셈이군. 줄을 좀 더 팽팽하게 당길 수도 있지만 그렇게 하면 저놈이 줄을 끊고 달아날지도 몰라. 힘닿는 데까지 저놈을 붙잡고 있어야 하니까 저놈이 당기면 줄을 풀어줘야 해. 그래도 저놈이 밑으로 내려가지 않고 계속 앞으로만 움직이니 천만다행이야."

　저놈이 아래로 내려가기로 작정이라도 하면 어떻게 해야 하지? 저놈이 바닥으로 내려가 죽어버리면 그땐 또 어떻게 하지? 무슨 수라도 내봐야지. 내가 할 수 있는 일은 얼마든지 있으니까.

　노인은 등에 둘러 멘 줄을 잡은 채 줄이 경사를 이루며 물속으로 뻗은 모습과 배가 꾸준히 북서쪽으로 이동하는 모습을 지켜보았다.

　저놈이 저러다 죽고 말지, 하고 노인은 생각했다. 언제까지 이렇게 버티고 있을 수는 없을 테니까. 하지만 네 시간이 지났는데도 고기는 여전히 바다를 향해 줄기차게 헤엄쳐나가며 배를 끌어당기고 있었다. 노인도 여전히 낚싯줄을 등에 멘 채 단단히 버텼다.

"저놈을 낚은 게 정오쯤이었지." 노인이 말했다. "그런데도 어떻게 생긴 놈인지 아직 보지도 못했으니."

노인은 고기가 낚싯바늘에 걸리기 전에 밀짚모자를 머리에 꾹 눌러썼는데 이 모자가 이제는 이마를 조이고 있었다. 노인은 목도 마르고 해서 낚싯줄이 흔들리지 않게 최대한 조심하며 무릎을 꿇고 뱃머리 쪽으로 가 한 손으로 물병을 잡았다. 노인은 물병 마개를 열어 물을 조금 마셨다. 그러고는 바닥에 내려놓은 돛과 돛대에 앉아 잠시 휴식을 취하며 끝까지 버티겠다는 일념 외에는 아무 생각도 하지 않으려 했다.

문득 뒤를 돌아보니 육지가 보이지 않았다. 안 보여도 상관없어, 하고 노인은 생각했다. 아바나에서 비치는 불빛을 길잡이 삼아 언제든 항구로 돌아갈 수 있으니까. 아직 해가 지려면 두 시간이나 남았는데 그 전에 놈이 물 위로 떠 오를지도 몰라. 그때까지 떠오르지 않으면 달이 뜰 때쯤엔 물 위로 떠오르겠지. 달이 뜰 때까지도 떠오르지 않는다면 일출 때는 떠오를 테지. 난 아직 쥐도 나지 않았고 힘도 팔팔해. 낚싯바늘이 주둥이에 박힌 건 저놈이잖아. 그런데도 저렇게 끌어당기는 걸 보면 참 대단한 놈이야. 철사를 문 채 입을 앙다물고 있는 게 틀림없어. 한번 봤으면 좋겠는데. 내가 어떤 놈을 상대하고 있는지 딱 한 번만이라도 볼 수 있으면 좋겠는데.

별의 위치로 미루어볼 때 고기는 밤새 진로나 방향을 전혀 바꾸지 않았다. 해가 지고 나자 추워졌고 노인의 팔과 등, 그리고 늙은 다리에 맺혔던 땀이 싸늘하게 말라붙었다. 해가 있는 동안 노인은 미끼가 든 궤짝을 덮었던 부대 자루를 걷어 햇볕에 마르게 널어두었다. 해가 지고 나서는 그것을 목에 둘러메 등 위로 처지도록 한 다음 어깨에 걸쳐 있는 낚싯줄 밑으로 조심스레 밀어 넣었다. 부대 자루가 낚싯줄 밑에서 쿠션 역할을 해준 데다 뱃머리에 요령 있게 기댔더니 자세가 좀 편안해졌다. 사실 그 자세는 견디기 힘든 정도를 약간 벗어난 것에 불과했지만 노인은 그 자세를 꽤 편안한 자세라고 생각했다.

나도 저놈을 어찌할 도리가 없고 저놈도 나를 어찌할 도리가 없어, 라고 노인은 생각했다. 저놈이 이 짓을 계속하는 한.

한번은 자리에서 일어나 뱃전 너머로 오줌을 누면서 별을 쳐다보고는 자기가 가는 진로를 가늠해보기도 했다. 어깨에서 물속으로 곧게 뻗어 내려간 낚싯줄은 마치 한 줄기 인광성 줄무늬 같았다. 이제 노인과 고기는 한층 더 천천히 나아가고 있었다. 아바나의 불빛이 그다지 강렬하지 않은 것으로 미루어 보건대 해류가 배와 고기를 동쪽으로 실어가고 있는 게 틀림없어. 노인은 생각했다. 아바나의 불빛이 완전히 보이지 않게 된다면 틀림없이 우리는 동쪽으로 이동 중인 거야, 하고 또 노인은 생각했다. 물고기가 지금의

코스를 계속 유지한다면 앞으로 몇 시간 동안은 저 불빛을 더 볼 수 있을 거야. 오늘 그랜드리그 경기가 어떻게 되었을지 궁금하군. 라디오를 들을 수 있으면 정말 좋을 텐데. 그러다 그는 다시 생각했다. 항상 물고기를 염두에 두어야 해. 지금 하고 있는 일에만 집중해야지 어리석은 생각은 절대 금물이야.

그러고는 소리 질렀다. "그 애가 있었으면 좋았을 텐데. 나를 도와주면서 이런저런 구경도 하고 말이야."

나이가 들면 혼자 있어서는 안 돼, 라고 노인은 생각했다. 하지만 어쩔 수 없지. 기력을 유지하려면 다랑어가 상하기 전에 먹어두어야 해. 잊지 말고 기억해둬. 아무리 입맛이 없더라도 아침에는 그걸 꼭 먹어야 해. 그걸 잊어선 안 돼, 하고 노인은 혼자 중얼거렸다.

밤사이 만새기 두 마리가 배 주변으로 다가와 노인은 그놈들이 물속에서 뒹굴고 물을 내뿜는 소리를 들을 수 있었다. 그는 암놈이 물을 내뿜는 소리와 수놈이 물을 내뿜는 소리를 분간할 수 있었다.

"기특한 녀석들이야." 노인이 말했다. "저 녀석들은 서로 장난치면서 놀고 사랑도 하거든. 날치와 마찬가지로 우리한테는 형제 같은 놈들이지."

그러다가 노인은 자기 낚싯바늘에 걸린 큰 물고기가 불쌍하다는 생각이 들었다. 도대체 나이가 얼마나 됐는지는 몰라도 참 대단하고 괴상한 녀석이야, 하고 노인은 생각했다. 저렇게 힘이 좋고 괴상하게 행동하는 물고기는 내 평생 처음이야. 아마 저놈은 너무 영리해서 쉽사리 물 밖으로 뛰어오르지 않을걸. 만약 저놈이 갑자기 뛰어오르거나 사납게 돌격하기라도 하면 나를 조져버릴 수도 있을 거야. 하지만 예전에 낚싯바늘에 걸린 경험이 있어서 의례 이런 식으로 싸워야 한다는 걸 알고 있는 놈인지도 모르지. 저 물고기는 자기가 상대하고 있는 것이 단 한 명뿐이라는 것도, 더구나 상대가 나 같은 늙은이라는 것도 알 리 없어. 어쨌거나 참 대단한 놈인 건 분명해. 육질이 좋다면 시장에서 꽤 비싼 값을 받을 수 있을 거야. 미끼를 무는 태도나 줄을 끌고 가는 거로 봐서는 수컷인 것 같은데, 저 녀석은 겁먹은 기색도 전혀 없이 담담하게 싸우고 있어. 저 녀석은 도대체 무슨 꿍꿍이인 걸까? 아니면 나처럼 그냥 절박하게 버티고 있는 걸까?

노인은 언젠가 청새치 한 쌍 중에서 한 마리를 잡았던 일이 생각났다. 청새치는 수컷이 항상 암컷에게 먼저 먹이를 먹도록 한다. 그때 낚싯바늘에 걸린 것은 암컷이었는데, 이 암컷이 잔뜩 겁에 질려 필사적으로 저항하다 얼마 안 가 기진맥진해버렸다. 그러는 동안 수컷은 암컷 곁을 시종 떠나지 않고 낚싯줄을 넘거나 암컷을 따라 수면을 빙빙 돌았다. 수컷이 하도 암컷 곁에 바짝 붙어 있는 통에 노인은 큼직한 낫하고 크기나 모양이 비슷한 수컷의 예리한 꼬리 때문에 낚싯줄이 잘려나가지나 않을까 걱정해야 할 정도였다. 노인이 양날의 검처럼 길고 뾰족하며 옆 부분이 사포처럼 까칠까칠한 암컷의 주둥이를 움켜잡은 채 갈고리로 찍고 온몸이 거울 뒷면 같은 색깔로 변할 만큼 몽둥이로 후려칠 때도, 소년의 도움을 받아 배 위로 끌어올릴 때도 수컷은 배 옆을 떠나지 않았다. 그러다가 노인이 낚싯줄을 정리하고 작살을 준비하고 있을 때 수컷이 배 옆에서 공중으로 높이 뛰어올라 암컷이 어디 있는지 한번 보더니 널찍한 연보라색 줄무늬가 다 드러날 정도로 연보라색 가슴지느러미를 날개처럼 활짝 편 채 바닷속으로 떨어져서는 이내 사라져버렸다. 그 수컷은 참 아름다운 놈이었다는 것을, 그리고 끝까지 암컷을 떠나지 않고 지켜주었다는 것을 노인은 기억했다.

그건 청새치잡이를 하면서 본 것 중에 가장 슬픈 광경이었어, 하고 노인은 생각했다. 소년도 슬퍼했지. 그래서 우리는 암컷에게 용서를 빌고 그 암컷을 생각해 도살 작업도 신속하게 끝내주었지.

"그 애가 여기 있으면 얼마나 좋을까?" 노인은 큰소리로 말하며 둥그스름하게 닳은 뱃머리 판자 부분에 몸을 기댔다. 어깨를 가로질러 메고 있는 낚싯줄을 통해 자기가 선택한 방향으로 꾸준히 이동하고 있는 커다란 물고기의 힘이 전달됐다.

나의 음흉한 속임수 때문에 저 물고기는 선택의 기로에 설 수밖에 없었지, 하고 노인은 생각했다.

저 물고기가 한 선택은 그 어떤 덫이나 함정이나 인간의 계략을 벗어나 깊고 어두운 먼바다에서 사는 것이었어. 내가 한 선택은 다른 어부들이 가지 않는 먼바다까지 가서 저 녀석을 찾아내는 것이었고. 이 세상 그 누구도 갈 생각조차 하지 않는 먼바다로. 이제 물고기와 나의 인연은 이렇게 연결되었고. 이건 정오 때부터 시작된 거야. 우리 둘 중 누구도 다른 사람이나 물고기의 도움을 기대할 수 없는 상태고 말이야.

나는 어부가 되지 말았어야 했는지도 몰라, 하고 그는 생각했다. 하지만 난 고기잡이를 하기 위해 태어난 인생인걸. 날이 밝으면 잊지 말고 다랑어를 꼭 챙겨 먹어야지.

동트기 얼마 전에 무언가가 노인 뒤쪽에 있던 미끼 중 하나에 입질을 했다. 막대찌가 부러지는 소리가 나더니 낚싯줄이 뱃전 너머로 마구 풀려나가기 시작했다. 노인은 어둠 속에서 선원용 칼을 칼집에서 빼내 들고는 커다란 물고기의 중량을 왼쪽 어깨로 버텨내며 몸을 뒤로 기울인 채 뱃전 나무에다 대고 낚싯줄을 잘라버렸다. 그러고는 제일 가까이에 있는 다른 낚싯줄도 잘라버리고 깜깜한 가운데 여분의 사리 뭉치 끄트머리를 서로 단단하게 동여맸다. 노인은 한쪽 발로 사리 뭉치를 눌러 고정시킨 상태에서 한 손으로 능수능란하게 매듭을 단단히 맸다. 이제 여분의 사리는 여섯 뭉치가 된 셈이었다. 노인이 자른 미끼를 달아두었던 줄에서 두 뭉치, 물고기가 물고 있는 줄에 이어진 줄 두 뭉치까지 총 여섯 개의 사리가 서로 연결되어 있었다.

날이 밝으면 마흔 길짜리 낚싯줄도 찾아 끊어버리고 여분의 사리 뭉치에 이어놓아야지, 하고 노인은 생각했다. 고품질 카탈루냐산 낚싯줄 이백 길과 거기 달린 낚싯바늘과 목줄까지 전부 잃어버린 셈이 되겠군. 그런 건 다시 구할 수 있어. 하지만 다른 물고기가 걸리는 바람에 이 물고기를 놓친다면 그건 누가 보상해주겠어?

방금 미끼를 문 물고기가 무슨 물고기인지는 나도 몰라. 청새치거나 황새치거나 상어였을 수도 있지. 무슨 물고기인지 감을 잡을 여유도 없었군. 줄을 잘라 그 녀석을 보내버리기에 바빴으니까.

그는 크게 소리 질렀다. "그 애가 있었으면 좋겠어."

하지만 그 애는 지금 여기 없어, 하고 노인은 생각했다. 순전히 너 혼자뿐이니 깜깜하든 깜깜하지 않든 지금 당장 마지막 낚싯줄로 가서 그것을 끊어버리고 여분의 사리 뭉치를 이어놓는 게 상책이야.

그리고 노인은 그렇게 했다. 깜깜한 데서 그 일을 하는 것은 매우 힘든 일이었고, 한번은 물고기가 갑자기 요동치는 바람에 얼굴을 바닥에 처박고 넘어져 눈 아래가 찢어지기도 했다. 뺨을 타고 피가 조금 흘러내렸지만 피는 턱에 다다르기 전에 말라 엉겨붙었다. 노인은 뱃머리 쪽으로 겨우 돌아가서 나무에 몸을 기대고는 안정을 취했다. 부대 자루를 고쳐 걸치고는 어깨에 걸친 줄도 조심스럽게 위치를 바꾸어주었다. 새 위치에 줄을 단단히 고정시키고는 물고기가 당기는 힘과 물을 헤쳐 나가는 배의 속력을 가늠해보았다.

고기가 뭣 때문에 그렇게 갑자기 요동쳤을까, 하고 노인은 생각했다. 바늘에 연결된 철사가 녀석의 산허리같이 커다란 잔등을 긁은 게 틀림없어. 제 녀석 등이 아픈들 아무려면 내 등만큼 아플까. 저 녀석이 아무리 덩치가 크더라도 이 배를 언제까지나 끌고 갈 수는 없을 거야. 이제 장애가 될 만한 것은 깨끗이 처리했고 줄도 넉넉하게 준비해뒀어. 이 정도면 더는 바랄 게 없지.

"물고기야." 노인이 큰소리로, 그러나 다정하게 말했다. "나는 죽을 때까지 너를 놓아주지 않을 거야."

보아하니 저 녀석도 같은 생각이군, 하고 노인은 생각하며 날이 밝기를 기다렸다. 해가 뜨기 전이라 제법 쌀쌀했다. 노인은 몸을 녹여보려고 뱃전 판자에다 몸을 바짝 붙였다. 저 녀석이 버틸 수 있을 때까지는 나도 버틸 수 있어, 하고 노인은 생각했다. 날이 밝자마자 줄이 길게 뻗치더니 풀려나가면서 물속으로 들어갔다. 배는 꾸준히 이동하고 있었고, 해가 처음 삐죽 솟아오를 때 그 해는 노인의 오른쪽 어깨 쪽에 있었다.

"녀석이 북쪽으로 향하고 있구나."

조류 때문에 동쪽으로 한참 밀려나게 되겠군. 노인은 생각했다. 녀석이 조류를 타며 방향을 돌리면 좋으련만. 그렇다면 놈이 지쳐가고 있다는 표시일 텐데.

해가 더 높이 떠오를 때쯤 노인은 물고기가 조금도 지치지 않았다는 걸 깨달았다. 그래도 희망적인 징후가 딱 하나 있었다. 줄이 기운 각도로 볼 때 녀석은 좀 더 위로 올라와 헤엄치고 있는 게 틀림없었다. 그렇다고 녀석이 물 위로 뛰어오르리란 보장은 없었다. 하지만 적어도 그럴 가능성이 남아 있었다.

"하느님, 제발 저 녀석이 뛰어오르게 해주십시오." 노인이 말했다. "녀석을 감당할 만한 줄은 충분히 있습니다."

만약 내가 줄을 좀 더 팽팽하게 당기면 녀석이 아파서 뛰어오를지도 몰라, 하고 노인은 생각했다. 이제 날이 밝았으니 녀석이 뛰어오르기만 하면 녀석의 등뼈에 있는 부레 주머니에 공기가 가득 차서 깊은 곳으로 내려가서 죽는 일 따윈 없을 거야.

노인은 줄을 좀 더 팽팽하게 당겨보려 했지만 이미 고기가 낚싯바늘에 걸렸을 때부터 줄은 끊어지기 직전의 팽팽한 상태였다. 줄을 당기려고 몸을 뒤로 젖힐 때 느껴지는 거친 반응으로 보아 더 이상 세게 잡아당겨서는 안 된다는 생각이 들었다. 절대 확 잡아당겨서는 안 돼, 라고 노인은 생각했다. 한번 잡아당길 때마다 낚싯바늘에 찔린 상처가 벌어질 테고 그렇게 되면 녀석이 뛰어오르는 순간 바늘이 빠져나갈지도 몰라. 어쨌든 해가 뜨니 기분이 한결 낫군. 이제 해가 있는 쪽을 똑바로 바라보지 않아도 되니까 말이야.

낚싯줄에 누런 해초가 걸려 있었다. 물고기가 끌고 가야 할 짐이 더 생겼으니 오히려 잘됐군, 하고 노인은 생각했다. 그것은 밤에 그렇게도 인광을 내뿜던 바로 그 누런 모자반 해초였다.

"고기야, 난 너를 사랑하고 무척 존경한단다. 하지만 오늘이 가기 전에 난 널 죽이고 말 거야."

그렇게 되길 빌어야지, 하고 노인은 생각했다.

그때 작은 새 한 마리가 북쪽 하늘에서 배 쪽으로 날아왔다. 그 새는 휘파람새였는데 해수면 위를 낮게 날고 있었다. 노인이 보기에 그 새는 몹시 지쳐 보였다.

새는 배의 고물 위에 내려앉아 쉬었다. 그러다가 새는 다시 날아올라 노인의 머리 위 주변을 맴돌더니 낚싯줄에 앉아 쉬었다. 거기가 좀 더 편안한 듯했다.

"너는 몇 살이니?" 노인이 새에게 물었다. "이게 너의 첫 비행이니?"

노인이 말을 걸자 새가 노인을 쳐다보았다. 새는 너무 많이 지쳤는지 낚싯줄을 살펴볼 생각조차 않고 가냘픈 두 다리로 줄을 꽉 움켜쥔 채 줄 위에서 흔들거렸다.

"그 줄 튼튼해." 노인이 새에게 말했다. "너무 튼튼해서 탈이지. 바람도 없는 밤을 보내고 그렇게 피곤해하면 어떡하니. 그렇게 약해빠져서 무슨 험한 꼴을 당하려고?"

너 같은 새를 잡아먹으려고 바다로 원정 나오는 매가 바로 험한 일이지, 하고 노인은 생각했다. 하지만 어차피 노인의 말을 알아듣지도 못할뿐더러 매라는 놈이 얼마나 무서운지 곧 스스로 깨우치게 될 터라 노인은 그런 말을 새에게는 한마디도 하지 않았다.

"푹 쉬어라, 작은 새야." 노인이 말했다. "뭍으로 돌아가거든 인간이나 새나 고기나 다 그렇듯이 네 운명대로 부닥치며 살아라."

밤새 뻣뻣해진 등이 심하게 아파왔기 때문에 이런 말이라도 하는 것이 노인에게는 위로가 되었다.

"네가 원하면 우리 집에 함께 가도 좋아, 새야." 노인이 말했다. "냉큼 돛을 올려서 지금 불어오고 있는 이 산들바람을 타고 너를 육지로 데려다주지 못해 미안하구나. 난 지금 친구를 데리고 다니는 중이니 네가 이해해라."

바로 그때 고기가 갑자기 요동치는 바람에 노인은 뱃머리 쪽으로 끌려가 고꾸라지고 말았다. 노인이 그럴 것을 대비해 줄을 넉넉히 풀어두지 않았다면 뱃전 너머 물속으로 끌려들어 갔을지도 몰랐다.

낚싯줄이 휙 당겨질 때 새는 벌써 날아가 버렸고 노인은 새가 가는 것도 보지 못했다. 오른손으로 낚싯줄을 조심스럽게 다루다가 손에서 피가 흐르는 것을 깨달았다.

"저 녀석이 무언가에 몸을 다친 모양이군." 노인이 큰소리로 말하고는 줄을 되돌릴 수 있는지 당겨보았다. 하지만 줄이 끊어질 정도로 팽팽해지자 그냥 줄을 쥔 채 몸을 뒤로 젖히고는 버티며 주저앉았다.

"고기야, 너도 이제 기력이 달리는 게 느껴지지." 노인이 말했다. "그건 하늘도 알고 나도 안단다."

그는 새가 어디 있는지 두리번거렸다. 새라도 동무가 되어주면 좋을 텐데. 하지만 새는 이미 떠나고 없었다.

새야, 넌 오래 쉬지도 못하고 가버렸구나, 하고 노인은 생각했다. 하지만 해안에 도착할 때까지 네가 가야 할 길은 더 멀고 험하단다. 내가 어쩌다 고기가 줄을 한번 휙 당긴다고 손을 베는 지경이 됐지? 분명 내가 점점 더 멍청해지고 있는 거야. 아니면 내가 작은 새를 바라보며 거기에 정신이 팔렸기 때문인지도 모르지. 이젠 일에만 정신을 집중하고 꼭 다랑어를 챙겨 먹어서 힘이 달려 일을 망치는 일 따위 없도록 해야겠어.

"그 애가 여기 있었으면, 그리고 소금도 좀 있었으면 좋으련만." 노인이 큰소리로 말했다.

노인은 낚싯줄을 왼쪽 어깨로 옮기고 조심스럽게 무릎을

끓고는 바닷물에 손을 씻었다. 그러고 나서 한 일 분 동안 손을 물속에 그대로 담근 채 피가 바닷물에 긴 꼬리처럼 번져가는 모습과 배가 앞으로 나아가면서 물살이 손을 스치며 하염없이 찰싹거리는 것을 지켜보았다.

"녀석이 상당히 느려졌군." 노인이 말했다.

손을 바닷물에 좀 더 오래 담그고 있으면 좋으련만 물고기가 다시 요동을 칠까봐 두려운 나머지 노인은 자리에서 일어나 만약의 사태에 대비하는 가운데 손을 들어 햇볕에 말렸다. 상처는 낚싯줄에 쏠린 찰과상에 불과했다. 하지만 상처는 손 중에서도 가장 요긴하게 사용하는 부위에 났다. 노인은 이 일이 끝나기 전까지 아직 손을 써야 할 일이 많다는 것을 알았기 때문에 일을 시작하기도 전에 손을 다쳐서 기분이 언짢았다.

"자, 이젠 다랑어 새끼를 먹어야지." 손이 다 마르자 노인이 말했다. "고물 쪽에 있는 다랑어를 갈고리대로 끌어다가 여기서 편안하게 먹어야겠군."

그는 무릎을 꿇고 갈고리대로 고물 아래쪽에서 다랑어를 찾아내 사려놓은 낚싯줄을 건드리지 않으면서 자기 앞으로 살살 끌어당겼다. 줄을 다시 왼편 어깨로 옮겨 메고 왼손과 왼팔로 몸을 버티면서 갈고리대에서 다랑어를 뺀 후 갈고리대는 도로 제자리에 갖다놓았다. 한쪽 무릎으로 다랑어를 누르고 검붉은 살점을 머리 뒷부분에서 꼬리까지 길쭉하게 잘랐다. 쐐기 모양으로 잘린 살점을 이번에는 칼을 바짝 갖다 대고 등뼈 부근에서 배까지 발라냈다. 총 여섯 토막으로 잘라낸 살점을 뱃머리 널빤지 위에 가지런히 펼쳐놓고는 칼을 바지에 문질러 닦았다. 남은 뼈는 꼬리를 집어 들어 뱃전 너머로 던져버렸다.

"한 토막 다 먹을 수 없겠는걸." 노인은 이렇게 중얼거리며 칼로 한 토막을 길게 죽 잘랐다. 고기가 낚싯줄을 당기는 힘은 여전했고 왼쪽 팔에는 쥐가 나기 시작했다. 그는 무거운 뭉치를 쥐고 있는 손이 뻣뻣하게 오그라드는 걸 역겨운 표정으로 바라보았다.

"무슨 놈의 손이 이래?" 그가 투덜댔다. "쥐가 나고 싶으면 나 보라지. 매의 발톱처럼 돼보라고. 그래 봐야 너한테 득 될 거 하나도 없으니까."

할 테면 해보라니까, 하고 노인은 중얼거리며 깜깜한 물속에 비스듬하게 잠겨 있는 낚싯줄을 바라보았다. 지금 저걸 먹어둬야 손에 기운이 생길 거야. 벌써 몇 시간째 고기와 씨름하고 있으니, 이건 손만 나무란다고 될 일이 아니야. 물론 난 언제까지라도 저 녀석을 상대할 수 있어. 지금 다랑어를 먹어둬야겠군.

노인은 살 한 점을 집어 입에 넣고 천천히 씹었다. 그럭저럭 먹을 만했다.

꼭꼭 잘 씹어 먹어야지, 하고 노인은 생각했다. 육즙까지

다 먹어야 해. 라임이나 레몬 아니면 소금이라도 좀 쳐서 먹으면 훨씬 나을 텐데.

"손아, 이제 좀 기운이 나니?" 노인은 마치 사후 강직 형태가 나타나는 시체처럼 쥐가 나 뻣뻣해진 손에게 물었다. "널 생각해서 좀 더 먹어주마."

노인은 두 개로 잘라놓은 토막 중에 다른 한쪽도 마저 먹었다. 살점만 씹고 껍데기는 뱉어냈다.

"손아, 좀 차도가 있니? 아니면 아직 너무 이른 질문이니?"

노인은 토막 하나를 통째로 입에 집어넣고는 씹어 먹었다.

"아주 야무지고 혈기왕성한 고기군" 하고 노인은 생각했다. "이놈이 만새기가 아니라 다행이야. 만새기는 너무 달달하거든. 이 고기는 단맛이 거의 안 나면서도 아직 팔팔한 기운이 그대로 남아 있어."

어쨌거나 현실적인 것 외에 다른 생각은 아무 쓸모 없는 일이지, 하고 그는 생각했다. 소금이 좀 있었으면 좋겠는데. 그리고 남은 살점이 햇볕에 썩어버릴지 말라버릴지 모르니 별로 배가 고프지 않아도 전부 먹어두는 게 좋겠어. 저 물고기는 침착하고 늘 한결같군. 남은 고기를 다 먹으면 나도 준비가 다 갖춰질 거야.

"손아, 좀 참아라." 노인이 말했다. "내가 너 때문에 이걸 먹는 거란다."

저 물고기에게도 먹이를 좀 줬으면 좋으련만, 하고 그는 생각했다. 저 녀석은 내 형제니까. 하지만 난 저 녀석을 죽여야 하고 그러기 위해서는 힘을 비축해두어야 해. 노인은 천천히 공을 들여 쐐기 모양으로 썰어놓은 생선을 전부 다 먹어 치웠다.

그는 바지에 손을 문지르며 허리를 쭉 폈다.

"자, 손아, 이제 줄을 놓아도 된다. 네가 그 말도 안 되는 짓거리를 멈출 때까지는 내가 오른손 하나만으로 저놈을 상대할 거니까" 하고 노인은 말했다. 그는 왼손이 쥐고 있던 무거운 줄을 왼발로 밟고 몸을 뒤로 뉘어 당기는 줄의 힘을 버텼다.

"하느님 제발 쥐가 풀리게 해주십시오. 저 물고기가 무슨 짓을 할지 모르거든요."

하지만 고기는 침착하게 자기가 계획한 대로 행동하고 있는 것 같단 말이야, 하고 노인은 생각했다. 그런데 녀석의 속셈은 뭐지? 내 계획은 또 뭐고? 저 녀석이 워낙 크기 때문에 나는 내 계획을 저 녀석에 맞춰 그때그때 변경할 수밖에 없어. 저 녀석이 물 밖으로 뛰어오르기만 하면 내가 죽일 수 있을 텐데. 하지만 저 녀석은 언제까지고 저렇게 물속에서 버티고 있단 말이지. 좋아. 그럼 나도 끝까지 버틸 수밖에.

노인은 쥐가 난 손을 바지에 대고 문질러 손가락을 펴려 애썼다. 하지만 손가락은 펴지지 않았다. 해가 뜨면 펴지겠지, 하고 그는 생각했다. 아마 방금 먹은 싱싱한 날다랑어가 소화되면 펴질 거야. 손을 꼭 써야 할 일이 생기면 무슨 수를 써서라도 펴야겠지만 지금은 억지로 손가락을 펴고 싶지 않아. 알아서 저절로 펴질 때까지 내버려두자. 어쨌거나 이런저런 줄을 풀고 매고 하느라 지난밤에 손에 무리가 가긴 했으니까.

바다 저편을 바라보던 노인은 자기가 지금 얼마나 외톨이인지 새삼 깨달았다. 하지만 깊고 어두운 물속에는 무지갯빛 프리즘이 보였고 눈앞에 뻗어 있는 낚싯줄과 잔잔한 해수면에 이상한 파동이 이는 것도 보였다. 무역풍이 부는지 구름이 모여들고 있었고, 앞을 내다보니 한 무리의 물오리가 해수면 상공에 뚜렷하게 나타났다가 희미해지고 또다시 뚜렷하게 모습을 드러내기를 반복했다. 노인은 바다에서는 누구도 절대 혼자가 아니라는 걸 알았다.

노인은 작은 배를 타고 육지가 보이지 않는 먼바다까지 나가는 것을 겁내는 일부 사람들을 떠올리고는 갑자기 날씨가 나빠지곤 하는 몇 달 동안은 그렇게 겁을 내는 게 맞다고 생각했다. 그러나 지금은 태풍이 부는 계절이고, 태풍이 불지 않는다면 일 년 중 가장 좋은 때다.

태풍이 오기 전에 바다에 나가 있으면 반드시 며칠 전부터 하늘에 징조가 나타나게 마련이다. 해안에서 그 징조를 보지 못하는 것은 사람들이 무얼 눈여겨봐야 하는지 모르기 때문이다. 육지가 구름의 형태를 바꾸어놓기 때문일 수도 있다. 하지만 지금은 태풍이 올 징조가 보이지 않는다.

하늘을 쳐다보니 아이스크림을 퍼놓은 듯 하얀 뭉게구름이 정겹게 떠 있었고 그 위로는 드높은 9월 하늘을 배경으로 얇은 깃털 같은 새털구름이 떠 있었다.

"가벼운 무역풍이군" 하고 그는 말했다. "고기야, 오늘 날씨는 나보다 너한테 더 유리하구나."

왼손은 여전히 뻣뻣했지만 손에 난 쥐는 서서히 풀리고 있었다.

난 쥐가 나는 건 딱 질색이야, 하고 그는 생각했다. 그것은 몸이 하는 반역 행위나 마찬가지야. 다른 사람 앞에서 프토마인 중독으로 설사를 한다든지 구토를 하는 것도 창피한 일이지. 스페인어로는 칼람브레라고 부르며 쥐가 나는 건 모욕적인 일이라고까지 생각했다. 혼자 있을 때 특히 더 그랬다.

만약 그 애가 여기 있었다면 팔꿈치부터 손끝까지 주물러서 풀어주었을 텐데, 하고 노인은 생각했다. 하지만 결국 언젠가 풀리긴 풀릴 거야.

바로 그때, 오른손에서 낚싯줄이 당기는 힘이 달라지는 게 느껴지더니 물속으로 뻗은 줄의 각도가 바뀌는 것이 보였다. 노인이 몸을 뒤로 젖히고는 버티면서 왼손을 허벅지에 대고 힘껏 찰싹찰싹 때리고 있는데 비스듬하게 드리워진 낚싯줄이 서서히 위로 이동하는 것이 보였다.

"놈이 이제 올라오는군." 노인이 말했다. "어서 가까이 오거라. 자, 어서. 제발."

고기는 멈추지 않고 계속 올라오더니 물이 몸통 양쪽으로 좍 갈라지며 쏟아졌다. 놈은 햇빛을 받아 번쩍거렸다. 머리와 등은 짙은 보라색이었고 해가 비치는 데서 본 옆구리의 넓은 줄무늬는 연보라색이었다. 주둥이는 야구 방망이만큼이나 길고 양날의 칼처럼 끝이 뾰족했다. 놈은 물 밖으로 전신을 드러내더니 잠수부처럼 매끄럽게 다시 물속으로 들어가 버렸다. 노인은 큰 낫 같은 꼬리가 물속으로 들어가자 줄이 재빨리 풀려나가는 걸 보았다.

"이 배보다 오륙십 센티미터 정도는 더 길구나." 노인이 말했다. 줄이 풀려나가는 속도가 빠르긴 했지만 일정한 속도인 걸로 보아 고기가 당황하진 않은 것 같았다. 노인은 두 손으로 줄이 끊어지지 않을 정도로만 힘을 주어 잡고 있었다. 줄을 일정하게 당겨 고기의 속력을 늦추지 않으면 고기가 줄을 있는 대로 끌고 가다가 끊어버릴지도 모른다는 걸 잘 알고 있었기 때문이다.

녀석은 보통 고기가 아니야. 그만큼 내가 잘 설득시켜야겠는걸, 하고 노인은 생각했다. 자기 힘이 얼마나 센지, 도망가려고 작정만 하면 어떤 짓이든 할 수 있다는 걸 알아채게 해서는 안 돼. 내가 저놈이라면 모든 걸 다 걸고 뭔가 부러질 때까지 달아나 버릴 거야. 하지만 다행스럽게도 고기들은 저희를 잡아 죽이는 인간만큼 영리하지 못하지. 인간보다 더 웅대하고 힘이 세긴 하지만.

노인은 그동안 커다란 물고기를 숱하게 보아왔다. 그중 무게가 오백 킬로그램 이상 나가는 것도 있었다. 평생 그런 커다란 물고기를 잡은 적이 두 번 있었다. 하지만 혼자서 잡은 건 아니었다. 그런데 지금은 홀로, 육지도 보이지 않는 이 먼바다에서 난생 처음 보는 어마어마한 고기, 그것도 생전 듣도 보도 못한 커다란 물고기와 대적하고 있는 데다 왼손은 아직도 새 발톱처럼 오그라든 채였다.

곧 쥐가 풀릴 거야, 하고 그는 생각했다. 틀림없이 쥐가 풀려서 오른손이 하는 일을 도와줄 거야. 나에게는 형제라고 할 만한 것이 세 가지가 있지. 저 고기와 내 두 손이 바로 그거야. 그러니 쥐는 반드시 풀릴 거야. 쥐가 나는 것은 손답지 못한 짓이니까. 고기는 다시 속도를 줄이더니 이전 속력으로 움직이고 있었다.

저 녀석이 좀 전에 왜 그렇게 펄쩍 뛰었는지 모르겠군, 하고 노인은 생각했다. 마치 자기가 얼마나 덩치가 큰지 과시하려고 뛰어오른 것 같아. 네가 그러지 않아도 이제 난 안다, 하고 노인은 생각했다. 내가 어떤 사람인지 나도 저 녀석에게 보여줄 수 있으면 좋으련만. 하지만 그러다가는 저 녀석이 내 손에 쥐가 난 것도 알게 될 테지. 내가 실제보다 더 대단한 인간인 걸로 착각하게 해야 해. 사실 내가 그렇게 해야 하기도 하고 말이야. 차라리 내가 저 고기였다면 얼마나 좋았을까, 하고 노인은 생각했다. 내가 저 엄청난 녀석과 맞서 싸울 무기라고는 머리와 의지밖에 없으니까.

노인은 뱃전 판자에 편안한 자세로 기대 아프면 아픈 대로 참고 견뎠다. 물고기는 꾸준히 헤엄쳤고 배는 어두운 바다를 헤치며 꾸역꾸역 나아갔다. 동풍이 불어 바다가 약간 출렁댔고, 정오가 되자 왼손의 쥐가 겨우 풀렸다.

"고기야, 너한테는 반갑지 않은 소식이구나" 하고 말하며 노인은 어깨를 덮고 있던 부대 자루 위에 걸쳐진 낚싯줄 위치를 바꾸었다.

노인은 몸이 좀 편안해지기는 했지만 고통은 여전했다. 그러나 자기가 고통받고 있다는 사실을 절대 인정하려 들지 않았다.

그는 혼잣말을 했다. "나는 신앙심이 깊은 사람이 아니야. 하지만 지금부터 이 고기를 잡게 해주십사고 주기도문 열 번, 성모송 열 번을 외우고, 만약 고기를 잡기만 한다면 코브레로 순례도 가겠다고 약속하겠어. 진짜 맹세한다고."

그는 기계적으로 기도문을 외우기 시작했다. 너무 지쳐 있다 보니 이따금 기도문이 기억나지 않을 때도 있었지만 재빨리 기도문을 외우다 보면 뒷구절이 저절로 입에서 튀어나오곤 했다. 노인은 성모송이 주기도문보다 외우기 쉽다고 생각했다.

"은총이 가득하신 마리아여, 기뻐하소서. 주님께서 함께 계시니 여인 중에 복되시며, 태중의 아들 예수 또한 복되시나이다. 천주의 성모 마리아님, 이제 와 저희 죽을 때에 저희 죄인을 위하여 빌어주소서. 아멘." 그러고는 한마디 덧붙였다. "복되신 성모 마리아님, 이 물고기의 죽음을 위해 기도해주소서. 참 멋진 물고기긴 합니다만."

기도를 마치고 나자 기분은 한결 나아졌으나 통증은 여전하거나 아까보다 좀 더 심한 것 같았다. 노인은 뱃머리의 판자에 몸을 기댄 채 기계적으로 왼손 손가락을 움직여보았다.

미풍이 가볍게 일고 있었으나 햇볕은 제법 따가웠다.

"저기 가느다란 낚싯줄에 미끼를 새로 달아서 고물 쪽에 드리워놓는 게 좋겠군." 노인이 말했다. "저 물고기가 하룻밤 더 버티기로 작정하면 나도 뭘 좀 먹어야 하니까 말이야. 물병에 물도 다 떨어져 가는군. 여기서는 아마 만새기밖에 안 잡힐 것 같은데. 그래도 아주 싱싱할 때 먹으면 그럭저럭 먹을 만할 거야. 오늘 밤에 날치 한 마리가 배에 날아들어와주면 좋으련만. 하지만 날치를 유인할 불빛도 없잖아. 날치란 놈은 날것으로 먹으면 아주 먹기 좋을 뿐 아니라 칼로 토막 낼 필요도 없는데. 지금 나는 힘을 비축해둬야 해. 제기랄, 저렇게 큰 놈이 걸릴 줄 어떻게 알았겠어."

"그래도 저 녀석을 죽이고 말 거야." 노인이 말했다. "제아

무리 위대하고 잘난 놈이라고 한들 말이야."

의롭지 못한 짓이긴 해도 할 수 없지, 하고 노인은 생각했다. 저 녀석에게 인간의 능력을, 그리고 인간의 인내력을 보여주고야 말겠어.

"그 애한테 나는 별난 늙은이라고 말했었지. 이제 내가 얼마나 별난 늙은이인지 보여줄 때가 왔어." 노인은 말했다.

노인이 그걸 수천 번 증명했다 해도 그건 아무 의미가 없었다. 그는 지금 그걸 다시 증명하려 했다. 매번 보여줄 때마다 처음 하는 것 같았고, 그 일을 하는 동안에는 과거 따위 생각조차 하지 않았다.

저 녀석이 잠을 자면 나도 눈을 좀 붙이고 사자가 나오는 꿈을 꿀 수 있으련만, 하고 노인은 생각했다. 왜 사자에 대한 기억만 남아 있는 거지? 잡생각 하지 마, 이 늙은이야, 하고 노인은 혼잣말로 중얼거렸다. 지금은 잠자코 판자에 몸을 기대 쉬기나 하고 아무 생각도 하지 마. 저 녀석은 용을 쓰고 있어. 그러니 자네는 될 수 있는 한 가만히 있어.

시간은 오후로 접어들었고 배는 천천히 그리고 꾸준히 움직였다. 지금은 샛바람이 일어 배를 미는 데 힘을 보태주었고 노인은 잔잔한 바다 위를 고요히 떠가고 있었다. 밧줄 때문에 아프던 등도 한결 견디기가 수월해졌다.

오후가 되자 낚싯줄이 한 번 더 올라오기 시작했다. 하지만 고기는 그저 조금 더 높은 수면으로 올라왔을 뿐 계속해서 헤엄쳐 나아갔다. 햇볕이 노인의 왼팔과 왼쪽 어깨 그리고 등을 비췄다. 그걸 보고 노인은 고기가 북동쪽으로 방향을 돌렸음을 알았다.

이제 놈을 보았기 때문에 고기가 물속에서 근사한 보라색 가슴지느러미를 날개처럼 활짝 편 채 크고 빳빳한 꼬리로 물살을 가르며 어두운 바닷속을 헤엄치는 모습을 머릿속에 그려볼 수 있었다. 노인은 그 깊은 바다에서 얼마나 잘 볼 수 있는지 궁금했다. 녀석의 눈은 굉장히 컸어. 말은 그보다 눈이 훨씬 작아도 어두운 곳에서도 잘 볼 수 있지. 나도 꽤 잘 볼 수 있었던 적이 있었는데 말이야. 아주 칠흑 같은 어둠 속에서는 아니지만. 그래도 고양이만큼은 볼 수 있어.

햇볕도 쬐고 손가락도 꾸준히 움직였더니 왼손에 났던 쥐가 이제 완전히 풀렸다. 그는 왼손으로 힘을 쓰기 시작했고 등 근육을 움직여 밧줄을 다른 곳으로 옮겨 밧줄 때문에 아픈 부위도 조정했다.

"고기야, 만약 아직도 지치지 않았다면 너는 정말 아주 별난 고기인 게 분명해" 하고 그는 소리 내어 말했다.

노인은 무척 피곤한 데다 머지않아 밤이 오리라는 것도 알고 있었기 때문에 딴 생각을 해보려 애썼다. 그는 '그란 리가스'라고 스페인어로 불러야 제대로 부르는 것 같은 빅리그를 생각했다. 그는 뉴욕 양키스가 디트로이트 타이거스를 상대로 시합이 있다는 것을 알고 있었다.

오늘이 벌써 경기 이틀째인데 아직 시합 결과도 모르고 있다니. 그러나 양키스에 대한 신념을 가지고 발뒤꿈치의 뼈돌기 증상 때문에 아프면서도 끝까지 완벽한 시합을 펼쳤던 위대한 디마지오 선수에게 부끄럽지 않도록 해야 해. 그런데 뼈돌기를 스페인어로 뭐라고 부르지? 맞아, '운 에스푸엘라 데 우에소'라고 하지. 우리한테는 그런 병이 없는데. 싸움닭의 쇠 발톱으로 발뒤꿈치를 가격당하는 것만큼 아플까? 나는 그런 고통을 견뎌낼 수 없을 테고, 싸움닭처럼 한쪽 눈이나 양쪽 눈을 다 잃고도 계속해서 싸우지도 못할 거야. 큰 새나 짐승에 비하면 인간이 크게 나을 것도 없어. 나는 인간이기보다는 저 아래 컴컴한 바닷속에 있는 저 야수가 되는 편을 택하겠어.

"상어만 나타나지 않는다면" 하고 그는 큰소리로 말했다. "상어가 나타나면 그때는 저 녀석이나 나나 끝장이야."

위대한 디마지오 선수라면 지금 내가 이 녀석을 상대로 버티고 있는 것만큼 물고기를 상대로 이렇게 오랫동안 버텨낼 수 있을까, 하고 그는 생각했다. 물론 그러고도 남겠지. 그는 젊고 힘이 세니까. 그리고 아버지가 어부였으니까. 하지만 뼈돌기 때문에 통증이 너무 심하진 않을까?

"나도 모르겠다." 노인은 큰소리로 말했다. "나는 뼈돌기를 앓아본 적이 없으니까."

해가 지자 노인은 자신감을 갖는 데 도움이 될까 싶어 카

사블랑카의 어느 술집에서 시엔푸에고스 출신으로 부둣가에서 제일 힘 센 검둥이와 팔씨름했던 일을 떠올렸다. 그때 두 사람은 테이블에 그어놓은 분필 자국에 팔꿈치를 꼿꼿이 세우고 손을 꽉 움켜잡은 채 꼬박 하룻낮과 하룻밤을 겨루었다. 두 사람은 상대방의 손을 서로 테이블에 내리누르려고 기를 썼다. 많은 돈이 내기에 걸리고 사람들이 석유등 불빛이 비치는 방을 들락날락하는 가운데 그는 검둥이의 팔과 손과 얼굴을 똑바로 바라보았다. 여덟 시간이 지나자 심판들이 돌아가며 눈을 붙일 수 있도록 네 시간마다 심판을 바꿨다. 두 사람의 손톱 밑에서 피가 나왔지만 두 사람은 상대방의 눈과 손과 팔을 응시하며 힘을 겨루었고, 돈을 건 사람들은 방을 들락날락하며 높다란 의자를 벽에 기대놓고 그곳에 앉아서 두 사람의 대결을 지켜보았다. 판자로 된 벽은 밝은 파란색으로 칠해져 있었는데 석유등 불빛이 두 사람의 그림자를 벽면에 비췄다. 검둥이는 그림자도 엄청나게 컸는데, 석유등이 미풍에 흔들릴 때마다 그의 그림자도 벽 위에서 함께 흔들렸다.

밤새도록 전세가 엎치락뒤치락하는 가운데 사람들은 검둥이에게 럼주를 먹이거나 담뱃불을 붙여주곤 했다. 그러다가 한번은 럼주를 마신 검둥이가 엄청난 괴력을 발휘해 그 당시에는 늙은이가 아닌 산티아고 엘 캄페온이었던 노인의 손을 거의 10센티미터가량이나 눕혔다. 하지만 노인은 다시 손을 제 위치로 밀어 올려 원점으로 되돌려놓았다. 그 순간 노인은 그 늠름하고 운동신경이 뛰어난 검둥이를 이겼음을 확신했다. 새벽녘에 내기를 건 사람들이 무승부로 대결을 끝내자고 요구했고 심판이 거기에 대해 고개를 갸우뚱거리며 흔들었지만 노인은 그때부터 힘을 쓰기 시작해 검둥이의 손을 아래로 아래로 꺾어 내리다가 마침내 나무 테이블에 완전히 눕혔다. 이 대결은 일요일 아침에 시작해서 월요일 아침에 끝이 났다. 돈을 걸었던 많은 사람들은 부두에 나가서 설탕 부대를 하역하거나 아바나 석탄 회사에 가서 일해야 했기 때문에 무승부 선언을 요구했던 것이다. 그렇지 않았더라면 누구나 결판이 날 때까지 그 대결을 계속하기를 원했을 것이다. 하지만 노인이 결국 끝장을 냈다. 그것도 사람들이 일하러 가야 할 시간이 되기 전에 결판을 냈다.

그 이후 오랫동안 사람들은 노인을 챔피언이라고 불렀고 봄에 설욕전이 열렸다. 그러나 이 대결에는 판돈도 별로 많지 않았고, 노인이 첫 시합에서 시엔푸에고스 출신의 검둥이의 기를 확 꺾어놨기 때문에 꽤 수월하게 이겼다. 그 후 몇 차례 시합이 더 있었지만 노인은 시합을 하지 않았다. 왜냐하면 이기려고 악을 쓰고 덤비면 누구든지 이길 수 있었지만 고기잡이를 해야 하는 오른손에는 해롭다는 것을 알게 되었기 때문이다. 왼손으로 몇 번 시합을 해보긴 했지만 왼손은 언제나 노인을 배반했다. 왼손은 노인이 시키는 대로 하지 않았고, 결국 노인도 왼손을 신뢰하지 않게 되었다.

햇볕을 쬐면 나아지겠지, 하고 노인은 생각했다. 밤에 기온이 너무 내려가지 않는 한 다시 쥐가 나서 나를 괴롭히진 않겠지. 오늘 밤 상태가 어떨지 걱정이군.

마이애미로 가는 비행기 한 대가 머리 위로 지나가자 그 그림자에 놀라 날치 떼가 퍼드덕거리는 것이 보였다. "날치가 저렇게 많은 걸 보니 만새기가 있긴 있나 본데" 하고 말하며 노인은 고기가 조금이라도 끌려올까 싶어 낚싯줄에 상체를 기댄 후 몸을 뒤로 젖혀보았다. 그러나 고기는 조금도 끌려오지 않았고, 줄은 팽팽한 상태를 유지하며 마치 끊어지기 직전처럼 물방울을 튕기고는 부르르 떨었다.

배는 계속해서 느린 속도로 나가고 있었고, 노인은 비행기가 시야에서 사라질 때까지 지켜보고 있었다.

비행기를 타고 있으면 참 이상할 거야, 하고 노인은 생각했다. 저렇게 높은 곳에서는 바다가 어떻게 보일지 궁금하군. 너무 높이만 날지 않는다면 비행기 안에 있는 사람들은 고기도 볼 수 있겠지. 나도 한 이백 길 남짓한 높이에서 비행기를 타고 아주 천천히 지나가면서 고기를 내려다보고 싶군. 바다거북잡이 배를 타던 시절 돛대 꼭대기 가름대에만 올라가도 상당히 많은 것을 볼 수 있었지. 거기서 보면 만새기는 더 짙은 초록색으로 보였어. 만새기의 줄무늬며

보라색 반점이 보였고 떼를 지어 헤엄치는 광경도 전부 다 보였지. 어두컴컴한 해류를 타고 빠르게 움직이는 고기들 등이 죄다 보라색이고 대개 보라색 줄무늬나 반점이 있는 것은 왜일까? 만새기는 원래 황금색이기 때문에 물속에서는 당연히 초록색으로 보이지. 그런데 배가 고파서 먹이를 찾아다닐 때는 옆구리에 청새치처럼 보라색 줄무늬가 나타나곤 하거든. 이런 색깔이 나는 것은 화가 나서 그런 것일까, 아니면 속력을 내기 때문일까?

날이 어두워지기 직전, 마치 노란 담요 아래서 바다가 무언가와 사랑을 나누고 있는 것처럼 잔잔한 바다 위에 모자반류 해초 덩어리가 조그만 섬 모양으로 울렁거리며 불룩 솟아 있는 지점을 지날 때쯤 만새기 한 마리가 작은 낚싯줄에 걸렸다. 노인은 만새기가 공중으로 뛰어오를 때 처음 발견했는데, 그 고기는 저물어가는 햇빛에 황금빛을 발하며 공중에서 몸을 비틀며 푸드덕거리고 있었다. 만새기는 겁에 질려 곡예를 하듯이 뛰어오르기를 거듭하며 몸부림쳤다. 노인은 고물 쪽으로 가서 웅크리고 앉아서 오른손과 오른팔로 큰 줄을 조심조심 잡고, 맨발인 왼쪽 발로는 고기가 걸린 줄을 조금씩 끌어당겼다. 줄을 당길 때마다 줄을 발로 밟아가며 왼손으로 만새기를 끌어당겼다. 만새기는 고물 바로 앞까지 끌려오자 필사적으로 이리저리 퍼드덕거리며 몸부림쳤다. 노인은 뱃전 너머로 몸을 굽히더니 보라색 반점이 있는 황금빛 고기를 고물 위로 끌어올렸다. 그 물고기는 낚싯바늘에서 빠져나가려고 마치 발작하듯이 턱을 움직이며 미끼용 고기를 물어댔고, 그 길고 납작한 몸뚱이와 꼬리와 대가리로 배 바닥을 마구 쳐댔다. 노인이 그 번질거리는 황금빛 머리통을 몽둥이로 내리치자 그제야 몸을 파르르 떨다가 잠잠해졌다.

노인은 낚싯바늘에서 만새기를 빼낸 뒤 그 줄에 새 정어리를 달아 바다에 던졌다. 그러고는 천천히 뱃머리 쪽으로 간신히 옮겨갔다. 왼손을 씻은 다음 바지에 문질러 닦았다. 그 뒤 노인은 오른손에 쥐고 있던 낚싯줄을 왼손으로 옮겨 쥐고 바닷물에 오른손을 씻으며 해가 바닷속으로 지는 모습과 굵은 낚싯줄이 비스듬히 드리워져 있는 것을 바라보았다.

"저 물고기는 조금도 달라진 게 없구나" 하고 노인은 중얼거렸다. 하지만 물이 손에 닿는 느낌으로 볼 때 분명 속도가 줄어든 것을 알 수 있었다.

"고물에다가 노 두 개를 가로질러 묶어놓으면 밤새 저 녀석의 속력을 늦출 수 있겠지" 하고 그는 말했다. "하지만 저 녀석은 오늘 밤도 끄떡없을 거야. 그거야 나도 마찬가지고."

만새기 살에서 피가 흐르지 않도록 내장은 좀 더 있다가 빼야겠어. 그럼 조금만 쉬었다가 만새기에 칼질도 하고, 저 큰 물고기 녀석이 배를 끌고 가기 힘들어지도록 노도 묶어두자. 지금은 그냥 조용히 내버려두고. 해 질 녘이니까 자극하지 않는 것이 좋겠어. 어떤 고기든 해 질 무렵에는 다루기가 더 힘든 법이니까.

노인은 오른손을 바람에 말린 뒤 그 손으로 낚싯줄을 쥐고 가능한 한 편안한 자세를 취한 후 판자 쪽에 몸을 바짝 붙인 채 놈이 배를 잡아끌도록 놔두었다. 이렇게 하면 물고기가 끄는 부담이 커져 노인만큼 받거나 혹은 더 받게 되기 때문이었다.

이렇게 또 새로운 요령 하나를 터득하는구나, 하고 그는 생각했다. 어쨌든 현재 상황에서는 그렇다는 거야. 게다가 물고기는 낚싯바늘에 걸린 뒤로는 아무것도 먹지 못했다는 걸 기억해야지. 덩치가 엄청나게 큰 놈인 만큼 먹이도 그만큼 많이 먹을 텐데 말이야. 나는 다랑어를 한 마리 다 먹었잖아. 내일은 만새기를 먹을 거야. 노인은 만새기를 도라도라고 불렀다. 내장을 제거할 때 좀 먹어두는 게 좋겠지. 다랑어보다는 먹기가 힘들겠지만 세상에 쉬운 일은 없는 법이니까.

"물고기야, 좀 어떠냐?" 노인이 큰소리로 물었다. "나는 몸이 가뿐하고 손도 덜 아프고 오늘 밤과 내일 하루 먹을 식량도 있단다. 배나 끌거라, 물고기야."

사실 몸이 가뿐한 건 아니었다. 등에 메고 있는 낚싯줄이 이제는 고통스러운 걸 넘어서 심상치 않은 무감각 상태에 이르고 있었기 때문이었다. 이보다 더한 일도 겪어봤는걸 뭐, 하고 노인은 생각했다. 손이 살짝 베였을 뿐이고 다른 손에 났던 쥐도 이젠 풀렸어. 두 다리도 멀쩡하고 말이야. 그리고 나는 식량 문제에 관한 한 저 녀석보다 유리한 위치에 있거든.

9월에는 해가 지면 빨리 어두워지기 때문에 주변이 벌써 어둑어둑했다. 그는 뱃머리 쪽 낡은 판자에 몸을 기댄 채 될 수 있으면 쉬어보려 했다. 초저녁 별이 하늘에 뜬 것이 보였다. 노인은 리겔성이라는 이름은 모르지만 그 별이 뜬 것을 보고 좀 있으면 다른 별들도 뜰 것이고 머지않아 저 먼 밤하늘에서 반짝이고 있는 친구들을 모두 다 만나게 될 것임을 알았다.

"저 고기도 내 친구지" 하고 노인은 크게 말했다. "난 저런 고기는 듣도 보도 못했어. 하지만 난 저놈을 죽여야 해. 인간이 별을 죽이지 않아도 되는 게 얼마나 다행인지."

그러자 노인은 아무것도 먹지 못한 물고기가 불쌍해졌다. 하지만 물고기가 가엾다는 생각 때문에 그 물고기를 죽이고야 말겠다는 그의 결심이 누그러들지는 않았다. 저 녀석 한 마리면 몇 사람이 먹을 수 있을까, 하는 생각을 해보았다. 하지만 사람들이 과연 저 고기를 먹을 자격이 있기는 한 걸까? 아니, 물론 자격이 없고말고. 저 물고기의 행동거지나 당당함을 생각해보면 저 녀석을 잡아먹을 만한 자격이 있는 인간은 아무도 없을 거야.

나는 이런 것들을 이해할 수 없어, 하고 노인은 생각했다. 하지만 인간이 해나 달, 별 같은 걸 죽이지 않아도 되는 건 참 다행스러운 일이야. 바다에 살면서 우리의 진정한 형제들을 죽이는 것만으로도 족하니까 말이야.

자, 이젠 노를 달아 저항력을 높이는 문제를 생각해봐야지. 이렇게 하면 장점이 있지만 위험도 감수해야 해. 만약 저 녀석이 갑자기 달아나려고 시도하는데 노가 제동 작용을 해서 배가 끌려가지 않게 되면 나는 저 녀석에게 낚싯줄을 더 많이 풀어줄 수밖에 없고, 그러다가 결국 저 녀석을 놓쳐버릴 수도 있거든. 배가 끌려가면 나나 물고기가 더 오래 고통받겠지만, 저 녀석이 최후의 발악을 하며 속도를 낼 가능성이 있기 때문에 나로서는 배가 쉽게 끌려가게 놔두는 것이 더 안전할 수도 있어. 어떻든지 일단 만새기가 상하기 전에 내장을 제거하고 먹어서 힘을 내야겠군.

이젠 한 시간만 더 쉰 다음 녀석이 여전히 끄떡없이 버티고 있는지 가늠해보고 그 후에 고물로 가서 작업하면서 어떻게 해야 할지 결정을 내려야겠어. 그러는 동안 녀석이 어떻게 행동하는지, 어떤 변화를 보이는지 알 수 있을 거야. 노를 매다는 것이 훌륭한 생각이긴 하지만 이제는 안전을 염두에 두고 일을 벌여야 할 때거든. 저 녀석은 여전히 대단하고 나는 저 녀석의 주둥이 귀퉁이에 바늘이 박힌 채 주둥이를 꽉 다물고 있는 걸 봤어. 바늘에 찔린 고통쯤은 아무것도 아니야. 정말 중요한 것은 저 녀석이 아무것도 먹지 못했다는 것, 그리고 자기가 전혀 모르는 상대와 겨루고 있다는 사실이지. 이제 좀 쉬시게, 늙은이. 그리고 자네가 해야 할 다음 일이 생길 때까지 저놈은 제 마음대로 하게 놔두자고.

노인은 한두 시간쯤 쉰 것 같았다. 달이 늦게까지 뜨지 않았기 때문에 시간이 어떻게 되는지 가늠할 수 없었다. 쉬었다고는 하지만 푹 쉬지는 못했다. 그저 전보다 조금 더 쉬었을 뿐이다. 노인은 여전히 물고기가 끄는 힘을 양어깨로 버티고 있었다. 하지만 이제는 왼손으로 뱃머리의 가장자리를 잡아 물고기의 저항을 배가 더 많이 감내하도록 했다.

낚싯줄을 단단히 고정시킬 수 있다면 일이 얼마나 간단할까, 하고 노인은 생각했다. 하지만 그렇게 하면 고기가 약간만 요동을 쳐도 줄이 끊어져 버리겠지. 내 몸으로 낚싯줄의 충격을 어느 정도 흡수하고 언제라도 두 손으로 줄을 풀어줄 준비가 되어 있어야 해.

"하지만 자네는 한숨도 못 자지 않았나, 늙은이" 하고 그는 큰소리로 말했다. "반나절하고도 하룻밤 동안 잠을 못 잤고, 지금 또 하루가 다 저물었는데도 아직 한숨도 못 잤잖아. 저 녀석이 잠잠해지면 어떻게든 조금이라도 눈을 붙일 수 있는 방도를 강구해봐야겠어. 잠이 부족하면 머리가 흐리멍덩해지거든."

내 머리는 아직 쓸 만할 정도로 맑아, 하고 그는 생각했다. 너무 맑아서 탈이지. 나는 내 형제들인 별만큼이나 맑거든. 그래도 잠은 좀 자야 해. 별도 잠을 자고 달도 해도 잠을 자고, 심지어 바다도 물결이 잔잔하고 고요할 때는 가끔 잠을 자잖아.

아무튼 잠을 자두는 것을 잊어서는 안 돼, 하고 노인은 생각했다. 꼭 잠을 자도록 하고 낚싯줄에 대해서는 간단하고 확실한 방법을 생각해내자고. 자 이제 만새기 쪽으로 가서 먹을 준비를 해야지. 잠을 잘 거라면 저항력을 높이려고 노를 조작하는 건 너무 위험한 짓이야.

"잠을 안 자도 버틸 수 있지만, 그래도 그건 너무 위험한 짓이야." 노인은 혼잣말로 중얼거렸다.

노인은 물고기가 놀라 펄쩍 뛰지 않도록 조심하며 무릎을 꿇은 채 배 뒤쪽으로 기어가기 시작했다. 노인은 자기가 지금 반쯤 졸고 있는 상태인지도 모른다고 생각했다. 하지만 난 저 녀석에게 쉴 틈을 주지 않겠어. 저놈이 죽을 때까지 저렇게 배를 끌고 가도록 해야 해.

고물에 다다른 노인은 몸을 돌려 어깨에 멘 줄의 당기는 힘이 왼손으로 가도록 하고 오른손으로는 칼집에서 칼을 뽑았다. 이제는 별빛이 환해서 만새기가 분명하게 잘 보였다. 그는 칼로 만새기의 대가리를 푹 찔러 고물 밑창에서 만새기를 끄집어 올렸다. 한쪽 발로 고기를 누른 채 꽁무니에서 아래턱 끝까지 칼로 재빨리 좍 갈랐다. 그러고는 칼을 내려놓고 오른손으로 내장을 말끔히 제거하고 아가미도 남김없이 뜯어냈다.

밥통을 만져보니 묵직하고 미끈거려 그것을 갈라보니 그 속에 날치 두 마리가 들어 있었다. 싱싱하고 탱탱한 날치를 나란히 꺼내놓고 내장과 아가미는 고물 너머로 던져버렸다. 그것들은 물속으로 형광빛 꼬리를 남기며 사라졌다. 대가리를 발로 누른 채 별빛을 받아 문둥이처럼 희뿌옇게 보이는 싸늘한 만새기의 한쪽 껍질을 벗겼다. 그다음 만새기를 뒤집어 다른 쪽 껍질을 벗긴 뒤 대가리에서 꼬랑지까지 양 옆구리 살을 발라냈다.

그는 뼈만 남은 만새기의 잔해를 물에 던지며 물속에서 소용돌이가 이는지 살펴보았다. 그러나 그것은 희미한 빛을 남기며 천천히 가라앉을 뿐이었다. 그는 몸을 돌렸다. 만새기의 저며낸 살점 가운데다 날치 두 마리를 넣고 칼을 칼집에 꽂았다. 그러고는 천천히 이물 쪽으로 되돌아왔다. 노인의 등은 낚싯줄의 무게 때문에 한껏 구부러져 있었고, 오른손으로 고기를 쥐고 있었다.

뱃머리로 돌아온 노인은 만새기 살 두 점을 판자에 가지런히 펼쳐놓고 날치도 그 옆에 나란히 놓았다. 그런 다음 다시 어깨에 메고 있는 낚싯줄 위치를 바꿔주고 뱃전에 기댔던 왼손으로 그 줄을 다시 잡았다. 뱃전 너머로 몸을 굽혀

손에 와 닿는 물의 속도를 의식하며 바닷물에 날치를 씻었다. 생선 껍질을 벗기다가 묻은 인광 가루 때문에 손 위로 흘러가는 물결이 뚜렷하게 보였다. 물결은 한결 잔잔해졌다. 뱃전 널빤지에 손 가장자리를 문지르니 인광 가루가 떨어져 배 뒤로 서서히 사라졌다.

"지금 저 녀석은 지쳤거나 쉬고 있는 걸 거야" 하고 노인은 말했다. "자, 이젠 나도 이 만새기를 먹고 한숨 자야겠어."

점점 싸늘해져 가는 밤에 별빛 아래서 노인은 대가리를 잘라내고 내장을 제거한 날치 한 마리와 만새기 살코기 한 점을 절반 정도 먹었다.

"만새기는 요리해서 먹으면 맛이 썩 괜찮은데, 날로 먹기에는 참 고약하단 말이야" 하고 그는 중얼거렸다. "앞으로는 배를 타고 나올 때 소금이나 라임을 반드시 챙겨야겠어."

내가 머리를 좀 쓸 줄 알았다면 뱃전에다 바닷물을 뿌려놓고 온종일 마르게 해서 소금을 얻을 수 있었을 텐데, 하고 노인은 생각했다. 하기야 해가 거의 다 질 무렵에 저 만새기를 낚았으니 그럴 여유도 없긴 했지만. 어쨌든 준비가 부족했어. 하지만 꼭꼭 씹어서 다 잘 넘겼고 구역질하지 않았으니 됐지, 뭐.

동쪽 하늘에 구름이 몰려오면서 노인이 아는 별들은 하나둘씩 사라지고 없었다. 바람은 잠잠해졌고, 노인은 거대한 구름 계곡을 향해 빨려 들어가고 있는 것처럼 보였다.

"사나흘 후엔 날씨가 나빠지겠군" 하고 노인은 혼잣말을 했다. "하지만 오늘하고 내일은 괜찮아. 물고기가 잠잠하니 다른 짓 안 하는 동안 무슨 수를 써서라도 잠을 좀 자야지, 이 늙은이야."

노인은 오른손으로 줄을 단단히 거머쥐고 허벅지로 오른 손을 꽉 누르며 온몸의 무게를 뱃전 판자에 실었다. 그다음 낚싯줄을 어깨 아래로 조금 내리고 왼손으로 줄을 감았다.

이런 식으로 단단히 고정시켜 놓으면 내 오른손이 버텨 낼 수 있겠지, 하고 그는 생각했다. 잠결에 오른손 힘이 풀리더라도 줄이 풀려나가면 왼손이 즉시 나를 깨워줄 거야. 이렇게 하면 오른손에 무리가 가겠지만 그 정도 어려움쯤 은 이제 익숙해졌잖아. 이삼십 분 정도만 잘 수 있어도 훨씬 나을 텐데. 그는 몸을 웅크려 전신의 무게를 오른손에 싣고 몸 전체로 낚싯줄을 지탱한 채 잠이 들었다.

노인은 사자 꿈을 꾸는 대신 십오륙 킬로미터 정도 뻗어 있는 만새기 떼 꿈을 꾸었다. 마침 짝짓기 철이었다. 만새기 들은 공중으로 높이 뛰어올랐다가 뛰어오를 때 수면에 생 긴 움푹한 구멍으로 도로 떨어지곤 했다.

그다음에는 마을로 돌아가 자기 침대에서 자는 꿈을 꾸 었다. 북풍이 불어 추운 데다 베개 대신 오른팔을 베고 자서 오른팔이 저렸다.

그 뒤에는 길게 뻗은 황금빛 해안 꿈을 꾸기 시작했다. 초

저녁 어스름이 깔린 해안으로 사자 몇 마리가 내려오더니 그 뒤를 이어 다른 사자들이 나타났다. 저녁 산들바람이 불었고, 노인은 해안에 정박해 있는 배의 이물 판자에 턱을 괸 채 사자가 더 나타나는지 지켜보고 있었다. 그는 행복했다.

달이 뜬 지 한참 지났지만 노인은 여전히 꿈속을 헤맸고, 물고기는 꾸준히 배를 끌고 갔으며, 배는 구름 터널 속으로 들어가고 있었다.

노인이 잠에서 깬 것은 오른손 주먹이 휙 하고 날아와 얼굴을 가격하더니 오른손이 불에 덴 것처럼 줄이 풀려나갔을 때였다. 왼손에는 아무런 감각이 없었다. 전력을 다해 오른손으로 제동을 걸었지만 줄은 계속해서 풀려나갔다. 마침내 왼손에도 줄이 잡혔고 노인은 몸을 뒤로 젖히며 버텼다. 그러자 이제는 등과 왼팔이 뜨끈뜨끈해졌다. 낚싯줄을 도맡아 버티고 있는 거나 다름없는 왼손의 살이 심하게 파였다. 눈을 돌려 여분의 낚싯줄 뭉치를 보니 모두 술술 풀려나가고 있었다. 바로 그때 물고기가 바닷물을 거칠게 뚫고 공중으로 뛰어오르더니 육중한 소리를 내며 떨어졌다. 그 뒤에도 고기는 연거푸 뛰어올랐고, 비록 낚싯줄이 빠르게 풀려나갔음에도 불구하고 배는 빠른 속도로 끌려가기 시작했다. 노인은 줄이 끊어지기 직전까지 팽팽하게 잡아당겼고, 줄이 느슨해지면 또 끊어지기 직전까지 팽팽하게 잡아당겼다. 그 과정에서 노인은 뱃머리까지 바짝 끌려가 얼굴이 잘라놓은 만새기 살점에 처박혀 꼼짝도 할 수 없었다.

기다렸던 일이 마침내 벌어졌군, 하고 노인은 생각했다. 이제 한판 붙어보자. 네가 내 낚싯줄값을 치르게 하겠다. 기어코 그 값을 치르게 하고 말 거야, 하고 노인은 속으로 생각했다.

노인은 물고기가 뛰어오르는 것은 보지 못했고, 파도가 부서지는 소리와 물고기가 바다로 육중하게 첨벙 떨어지며 튀어 오르는 물보라 소리만 들을 수 있었다. 줄이 워낙 빠른 속도로 풀려나가 손에 살점이 파였지만 이런 일이 있으리라는 것은 이미 예상하였던 터였다. 노인은 될 수 있으면 줄이 굳은살이 박인 부분을 지나가도록 했고 손바닥을 파고들거나 손가락이 베이지 않게 하려 애썼다.

이럴 때 그 애가 여기 있었다면 낚싯줄 사리에 물을 뿌려주었을 텐데, 하고 노인은 생각했다. 맞아, 그 애가 여기 있었더라면. 그 애가 여기 있었더라면.

낚싯줄이 계속 풀려 나가더니 이제는 속도가 조금 느려졌다. 노인은 물고기에게 단 한 치의 줄도 만만하게 내주지 않았다. 얼굴을 처박고 뺨으로 짓뭉갰던 고기 살점에서 얼굴을 떼어낸 후 판자에서 고개를 들었다. 그런 다음 노인은 무릎을 꿇었다 세우면서 천천히 발을 딛고 일어섰다. 줄을 풀어주고 있기는 했지만 풀어주는 속도를 점점 더 늦추었다. 눈에 보이지 않는 사릿줄 뭉치를 발로 더듬어 확인했다.

줄은 아직 충분히 남아 있었다. 이제 물고기는 물속으로 새로 풀려나간 줄의 마찰까지 감당하며 끌고 가야 했다.

그렇지, 하고 노인은 속으로 쾌재를 불렀다. 이제 저 녀석이 열댓 번도 더 뛰어올랐으니 등줄기에 붙은 공기주머니에 공기가 가득 찼을 거야. 그러니 내가 끌어올릴 수 없을 만큼 깊은 물 속으로 들어가 죽는 일은 없겠군. 이제 저 녀석이 빙빙 돌기 시작하면 그때 끝장을 내야지. 그런데 뭣 때문에 그렇게 펄쩍 뛰었던 걸까? 하도 배가 고파 발악을 한 것일까, 아니면 한밤중에 무언가를 보고 겁을 먹은 것일까? 어쩌면 갑자기 겁이 덜컥 났는지도 모르지. 하지만 그렇게 담담하고 기운도 좋은 데다 겁이라곤 전혀 없이 자신만만하게 굴던 고기였는데. 참 이상한 노릇이군.

"이 늙은이야, 당신이나 겁먹지 말고 자신감을 가져." 노인이 혼잣말을 했다. "저 녀석을 붙들어놓긴 했지만 줄을 당기진 못하잖아. 하지만 좀 있으면 저 녀석이 빙빙 돌기 시작하겠지."

이제 물고기는 어깨와 왼손이 상대하게 하고 노인은 몸을 숙여 오른손으로 물을 한 줌 퍼서 얼굴에 묻어 있는 만새기 살점을 씻어냈다. 그대로 놔뒀다가는 구역질이 나서 토하느라 기력이 쇠진해질 게 뻔했다.

얼굴을 말끔히 씻은 뒤에는 오른손을 뱃전 너머 바닷물에 담가 씻었다. 손을 바닷물에 그대로 담그고 있자니 해가 떠오르기 전에 먼동이 트는 것이 보였다. 물고기가 거의 동쪽으로 이동 중이군. 노인은 생각했다. 그건 물고기가 지쳤고 해류에 몸을 맡기고 있다는 뜻이지. 머지않아 저놈은 빙글빙글 돌지 않을 수 없게 될 거야. 그때가 바로 우리가 행동을 개시할 때지.

바닷물 속에 손을 충분히 담가두었다고 생각한 노인은 오른손을 꺼내 살펴보았다.

"그다지 심하지는 않군" 하고 그는 말했다. "아픈 것쯤이야 사나이한테는 별 거 아니지."

노인은 새로 생긴 상처에 닿지 않게 조심하면서 줄을 오른손에 옮겨 쥔 뒤 몸의 무게중심을 옮겨 왼손을 다른 편 뱃전 너머 바닷물에 담글 수 있게 했다.

"넌 아무짝에도 쓸모가 없을 줄 알았는데, 그래도 한몫 톡톡히 했구나." 노인이 왼손에게 말했다. "그래도 필요해서 찾으면 네가 안 보일 때가 많았어."

나는 왜 양손잡이로 태어나지 못했을까, 하고 노인은 생각했다. 아마도 한쪽 손을 제대로 훈련시키지 못한 내 잘못일 거야. 하지만 왼손은 저 혼자서도 배울 기회가 얼마든지 있었어. 그래도 지난밤에는 제 할 일을 제법 잘 해냈다고 할 수 있지. 쥐도 한 번밖에 나지 않았으니까. 만약 쥐가 또 난다면 낚싯줄에 댕강 잘리도록 내버려 둘 테다.

이런 생각이 들자 노인은 자신의 정신 상태가 온전하지

못하다는 것을 깨닫고 만새기 살점을 좀 더 씹어 먹어야겠다고 생각했다. 하지만 그럴 수 없어. 구역질해서 기력을 잃는 것보다는 차라리 머리가 좀 어지러운 게 더 나아, 하고 혼잣말을 했다. 더구나 내 얼굴에 붙어 있던 살점이라서 먹으면 위장에 남아 있을 리 없을 게 뻔해. 상해서 못 먹을 때까지는 그냥 비상용으로 두자. 영양분을 섭취해서 기력을 유지하기에는 이미 때가 늦었어. 이런 멍청하긴. 노인은 혼잣말을 했다. 그거 말고 남아 있는 저 날치를 먹으면 되잖아.

날치는 깨끗하게 손질해서 바로 먹을 수 있는 상태였다. 노인은 왼손으로 그걸 집어 뼈를 조심스럽게 씹어가며 꼬리까지 한 마리를 몽땅 다 먹어 치웠다.

날치가 웬만한 고기보다 영양가가 더 많지, 라고 노인은 생각했다. 최소한 나한테 필요한 기력을 주기에는 그만한 고기도 없을 거야. 자, 이제 내가 할 수 있는 일은 다 한 셈이야. 놈이 빙빙 돌기만 해보라지. 그땐 한판 싸움이 벌어지는 거야.

노인이 물고기를 잡겠다고 바다로 나온 이후 세 번째로 해가 떠오를 즈음 마침내 물고기가 선회하기 시작했다.

낚싯줄이 기울어진 상태로 물고기가 돌고 있다는 것을 알 수 있는 것은 아니었다. 그러기에는 너무 이른 시각이었다. 노인은 단지 낚싯줄을 당기는 힘이 약간 느슨해졌다는 걸 느꼈을 뿐이었다. 노인은 오른손으로 줄을 살살 잡아당기기 시작했다. 줄은 늘 그랬듯이 여전히 팽팽했지만, 낚싯줄을 끊어지기 직전 상태까지 당기자 줄이 끌려오기 시작했다. 노인은 고개를 숙여 어깨에 걸쳤던 낚싯줄을 앞으로 벗겨낸 다음 조심조심 줄을 당기기 시작했다. 노인은 양손으로 줄을 잡고 스윙하듯 몸통과 다리 힘으로 줄을 당길 수 있을 만큼 당기려 애썼다. 고기를 당기는 줄이 좌우로 획획 회전할 때마다 그의 늙은 다리와 어깨도 중심을 잡으며 함께 좌우로 획획 회전했다.

"아주 큰 원이군." 노인이 말했다. "어찌 됐거나 놈은 이제 돌고 있어." 그러다 줄이 더 이상 끌려오지 않자 노인은 줄을 잡은 채 그대로 있었다. 그러고 있자니 햇빛을 받으며 줄에서 물방울이 탁탁 튀는 것이 보였다. 그러다가 줄이 다시 풀려나가기 시작했다. 노인은 무릎을 꿇고 마지못해 줄이 어두운 물속으로 들어가게 놔두었다.

"저 녀석이 제가 그리는 동그라미의 제일 먼 부분을 돌고 있군." 노인이 혼잣말을 했다. 힘닿는 데까지 버텨야 해. 노인은 생각했다. 줄을 팽팽하게 유지하면 저놈이 원을 그릴 때마다 거리가 줄어들 거야. 아마 한 시간쯤 뒤에는 저 녀석을 볼 수 있게 될지도 몰라. 이제 저 녀석을 꾀어 들여서 죽여야 해.

그러나 물고기는 계속 천천히 원을 돌기만 했다. 두 시간을 그러고 있으니 노인은 땀에 흠뻑 젖어 뼛속까지 지칠 지경이었다. 그래도 원은 이제 훨씬 가까워졌고, 줄이 기운 상태로 볼 때 물고기가 꾸준히 수면 위로 올라오고 있다는 걸 알 수 있었다.

한 시간 전부터 눈앞에 검은 반점이 어른거렸고 땀이 눈에도, 눈 윗부분과 이마에 난 상처에도 흘러들어 소금에 절인 듯 쓰라렸다. 노인은 검은 반점은 걱정되지 않았다. 줄을 당기느라 긴장하다 보면 으레 그런 현상이 나타나곤 했다. 하지만 두 번이나 어질어질하고 기절할 것 같은 느낌이 왔는데, 그 증상은 염려스러웠다.

"이렇게 물고기를 놓고 나 자신을 실망시킨 채 죽을 순 없어." 노인이 말했다. "저 녀석이 이렇게 슬슬 잘 끌려오고 있는데. 하느님, 제발 제가 잘 견뎌낼 수 있도록 도와주십시오. 주기도문이랑 성모송을 백 번이라도 외우겠나이다. 하지만 지금은 그러고 싶어도 그럴 수가 없습니다."

그냥 외운 셈 치자, 하고 노인은 생각했다. 차차 외우면 되니까. 바로 그때 양손으로 잡고 있던 줄이 갑자기 팅기며 요동치는 느낌이 왔다. 날카롭고 세차고 육중한 느낌이었다.

저 녀석이 창 같은 주둥이로 철사 줄을 치고 있는 걸 거야, 하고 노인은 생각했다. 올 것이 온 거야. 저 녀석은 그럴 수밖에 없거든. 하지만 이러다 저 녀석이 갑자기 뛰어오를지도 몰라. 차라리 저 녀석이 계속 빙빙 돌면 좋으련만. 물고기는 공기를 들이마시기 위해 반드시 점프해야 해. 하지

만 한 번 점프할 때마다 낚싯바늘에 찔린 자리가 벌어져 낚
싯바늘이 빠져나갈 수도 있어.

"점프하지 마라, 고기야." 노인이 말했다. "점프하지 마."

고기는 철사 줄을 대여섯 번 더 쳤고, 머리를 흔들어 철사
줄을 칠 때마다 노인은 줄을 조금씩 내주었다.

저 녀석이 아파하고 있는 부분이 계속 아프면 안 돼, 하고
노인은 생각했다. 내가 아픈 건 상관없어. 내 고통은 내가
다스릴 수 있으니까. 하지만 저 녀석은 아프면 사나워질 수
있거든.

잠시 후 물고기는 철사 줄을 쳐대는 걸 멈추더니 다시 천
천히 돌기 시작했다. 노인은 이제 줄을 야금야금 끌어들였
다. 그때 다시 현기증이 났다. 노인은 왼손으로 바닷물을 떠
서 머리를 적셨다. 그다음 목 뒷덜미에도 물을 조금 떠서 문
질렀다.

"쥐는 나지 않는군." 노인이 말했다. "저 녀석은 곧 올라
올 거고 나는 버틸 수 있어. 또 버텨야만 하고. 그건 두말할
필요도 없는 일이지."

노인은 뱃머리에 잠시 몸을 기대고는 낚싯줄을 다시 등
에 걸쳤다. 녀석이 먼 쪽에서 도는 동안 난 좀 쉬었다가 저
녀석이 가까이 오면 그때 일어나서 상대해주겠어. 노인은
그렇게 마음먹었다.

줄을 거두어들일 생각일랑 말고 그냥 뱃머리에 앉아 좀

쉬면서 물고기가 저 혼자 한 바퀴 돌도록 내버려두고 싶은 마음이 간절했다. 그러나 줄이 당겨지는 정도로 봐서 물고기가 방향을 돌려 배 쪽으로 가까이 오고 있다는 기척이 느껴지자 노인은 발을 딛고 일어서서 지금까지 줄을 거두어들인 것과 같은 방식으로 몸을 중심축 삼아 베를 짜듯이 좌우로 흔들며 줄을 끌어들였다.

이렇게까지 피곤한 적이 한 번도 없었는데, 하고 노인은 생각했다. 이제 무역풍이 불기 시작하는군. 하지만 저 물고기를 잡아 들이기에는 이런 바람이 더 유리해. 나한테 아주 절실한 바람이지.

"저 녀석이 물러서서 멀어지면 좀 쉬어야겠어" 하고 노인은 말했다. "이제 한결 살 것 같아. 저 녀석이 두세 번 더 돌고 나면 그때 저 녀석을 잡아야지."

그는 밀짚모자를 머리 뒤로 한껏 젖힌 채 뱃머리 쪽에 털썩 주저앉아 물고기가 회전하는 것을 느끼며 줄을 당겼다.

물고기야, 열심히 돌아라, 하고 노인은 생각했다. 네가 회전해서 돌아오면 그때 내가 너를 잡아주마.

파도가 상당히 높아져 있었다. 하지만 그것은 좋은 날씨에만 부는 미풍이었고, 노인이 집으로 돌아가는 데 꼭 필요한 바람이었다.

"나는 그저 남쪽과 서쪽으로 방향을 잡기만 하면 돼." 노인이 혼잣말을 했다. "사나이라면 바다에서 길을 잃는 일 따위는 절대 없지. 내가 돌아갈 섬은 아주 길쭉한 섬이니까."

노인이 물고기를 처음 본 것은 물고기가 세 번째로 돌 때였다.

그 물고기가 처음 나타났을 때 시커먼 그림자처럼 배 밑을 지나가는데 시간이 워낙 오래 걸려서 노인은 물고기가 그렇게 길다는 게 도무지 믿기지 않았다.

"아니야." 노인이 말했다. "저렇게 큰 놈일 리가 없어."

하지만 물고기는 실제로 그렇게 큰 놈이었다. 물고기가 빙 돌아서 불과 삼십 미터 정도밖에 떨어지지 않은 수면에 떠올랐을 때 노인은 물 밖으로 나온 꼬리를 보았다. 검푸른 바다 위로 떠오른 그 꼬리는 커다란 낫의 날보다 더 높이 치솟았고 색깔은 아주 연한 보라색이었다. 꼬리는 뒤로 비스듬하게 기울어져 있었다. 물고기가 수면 바로 밑에서 헤엄칠 때 노인은 그 물고기의 거대한 몸통과 몸통을 띠처럼 두르고 있는 보라색 줄무늬를 보았다. 등지느러미는 누워 있었고 거대한 가슴지느러미는 활짝 펼쳐져 있었다.

이때 노인은 물고기의 눈과 그 물고기 주변을 헤엄치고 있는 회색 빨판상어 두 마리도 보았다. 상어들은 간혹 물고기에 달라붙었다 또 휘리릭 떨어져 달아나곤 했다. 그리고 가끔 물고기가 드리운 그림자 속을 유유히 헤엄쳐 다녔다. 이 상어는 길이가 각각 거의 일 미터 가까이 되었고, 빠르게 헤엄칠 때는 뱀장어처럼 온몸을 휘감았다.

노인은 땀을 뻘뻘 흘리고 있었는데 그것은 비단 햇볕 때문만은 아니었다. 물고기가 담담하고 차분하게 돌 때마다 그는 줄을 거두어들이고 있었다. 두 번만 더 돌면 작살을 꽂을 수 있을 기회가 올 것이라고 확신했다.

　하지만 좀 더 가까이 오게 해야 해. 노인은 생각했다. 좀 더 가까이, 가까이. 머리를 겨냥해서는 안 돼. 심장을 겨냥해야 해.

　"침착하고 대담하게 해야 해, 이 늙은이야." 노인이 말했다.

　그다음에 돌 때 물고기는 등을 드러내 보였지만 배에서 좀 떨어져 있었다. 그다음에 돌 때도 먼 건 여전했지만 좀 더 물 위로 올라와 있었기에 노인은 줄을 조금만 더 거두어들이면 물고기를 배 옆까지 끌어들일 수 있을 거라 확신했다.

　작살은 벌써 준비해두었고, 작살에 달린 가는 밧줄은 둘둘 말아 둥근 광주리에 담아두고 그 끄트머리 부분은 뱃머리 말뚝에 단단히 매어두었다.

　물고기는 원을 그리며 차분하고 아름다운 모습으로 거대한 꼬리만 움직여 다가오고 있었다. 노인은 있는 힘을 다해 물고기를 더 가까이 끌어들였다. 물고기가 잠시 옆으로 뒤뚱 뒤집어지는가 싶더니 똑바로 몸을 바로잡고는 또다시 원을 그리기 시작했다.

　"내가 저 녀석을 움직였어." 노인이 말했다. "내가 저 녀석을 움직인 거야."

그는 또다시 현기증이 났지만 있는 힘을 다 쥐어짜 거대한 물고기를 붙들고 있었다. 내가 저 녀석을 움직였어, 하고 노인은 생각했다. 이번에는 저 녀석을 뒤집을 수 있을지도 몰라. 손아, 힘껏 끌어봐, 하고 노인은 속으로 외쳤다. 다리야, 끝까지 버텨주렴. 머리야, 끝까지 버텨주렴. 나를 위해 끝까지 버텨다오. 넌 한 번도 쓰러진 적이 없잖아. 이번에는 내가 저 녀석을 끌고 와 뒤집어놓을 거야.

　하지만 물고기가 배 옆에 나란히 와 있기 훨씬 전부터 있는 힘을 다해 줄을 잡아당기며 모든 노력을 다 기울였지만 물고기는 옆으로 약간 뒤집어지는가 싶다가도 금세 몸을 똑바로 세우고는 헤엄쳐 가버렸다.

　"물고기야." 노인이 말했다. "물고기야, 너는 어차피 죽을 목숨이야. 그렇다고 나까지 죽일 작정이냐?"

　그렇게 되면 모든 게 다 허사가 되고 말아. 노인은 생각했다. 입이 너무 말라 말을 할 수조차 없었지만 노인은 물병으로 손을 뻗칠 수도 없었다. 이번에는 반드시 배 옆으로 오게 해야 하는데, 하고 노인은 생각했다. 저 녀석이 몇 번 더 돈다면 그때는 내가 감당하지 못해. 아냐, 감당할 수 있어. 노인은 자신에게 말했다. "자넨 얼마든지 감당할 수 있어."

　물고기가 또다시 회전하기 시작했을 때 노인은 고기를 거의 잡을 뻔했다. 하지만 고기는 또다시 몸을 똑바로 세우더니 헤엄쳐 가버렸다.

고기야, 네가 나를 죽이려 드는구나, 하고 노인은 생각했다. 하지만 너에게는 그럴 권리가 있어. 내 형제야, 나는 너보다 크고 아름답고 침착하고 고귀한 고기를 한 번도 본 적이 없단다. 자, 와서 날 죽여라. 누가 누구를 죽이든 난 아무래도 괜찮으니까.

이제 이 늙은이가 정신이 오락가락하는구면, 하고 노인은 생각했다. 정신을 똑바로 차려야지. 정신을 똑바로 차리고 사나이답게 고통을 참아낼 줄 알아야지. 아니면 고기만큼이라도 하든가. 노인은 생각했다.

"정신 차려, 머리야." 노인은 자기 귀에도 들릴 만큼 큰소리로 말했다. "정신 똑바로 차려."

같은 상황이 두 번 더 벌어졌다.

이젠 나도 모르겠어, 하고 노인은 생각했다. 같은 상황이 되풀이될 때마다 노인은 쓰러져버릴 것 같았다.

나도 모르겠어. 그래도 한 번 더 시도해봐야지.

노인은 다시 한번 시도했지만 노인이 물고기를 뒤집었을 때 자기도 정신이 어질어질해 쓰러질 것만 같았다. 물고기는 어김없이 몸을 바로 세우고는 커다란 꼬리를 허공에 휘저으며 천천히 헤엄쳐 가버렸다.

노인은 손이 흐느적거리고 눈에 보이는 거라고는 기껏해야 어른어른한 형체뿐이었지만 다시 한번 더 시도해보겠노라 다짐했다.

다시 시도했지만 결과는 마찬가지였다. 노인도 그럴 것이라 생각했던 일이었고, 이젠 시작도 하기 전에 쓰러질 것만 같았다. 한 번 더 시도해보리라.

그 어떤 고통도 감내하며 마지막 남은 기력과 이미 사라진 지 오래된 자존심까지 다 동원해 노인은 물고기의 마지막 고통과 대결했다. 마침내 물고기는 노인 곁으로 와 몸을 옆으로 뒤집은 채 힘없이 헤엄쳤다. 주둥이가 뱃전에 거의 닿을 듯 말 듯 한 상태로 길고 짙고 넓은 은빛 물고기는 보라색 줄무늬를 내보이며 한없이 헤엄쳐 배 옆을 스쳐 지나갔다.

노인은 낚싯줄을 내려놓고 발로 밟은 채 작살을 한껏 높이 쳐들었다. 그러고는 있는 힘을 다해, 거기에다 금방 짜낸 힘까지 더해 사람의 가슴팍 높이만큼 솟아오른 그 거대한 가슴지느러미 바로 뒷부분에 해당하는 물고기의 옆구리에 작살을 내리꽂았다.

노인은 쇠창살이 물고기의 몸에 박히는 것을 느끼며 창살을 더 깊이 박아 넣기 위해 작살에 몸을 기대 온몸의 무게를 거기에 실었다.

죽음을 몸속에 꽂은 채 물고기는 다시 기운을 차리더니 그 엄청난 길이와 넓이와 힘과 아름다움을 고스란히 다 드러내 보이며 물 위로 높이 솟구쳤다. 물고기는 배에 타고 있는 노인의 머리 위 허공에 잠시 머무는 듯했다. 그러더니 이

내 물속으로 첨벙하고 떨어지면서 노인과 배 위로 물보라가 좌르르 쏟아져 내렸다.

노인은 기절할 것 같고 구역질이 나는 것 같고 앞이 잘 보이지도 않았다. 그러나 노인은 작살 줄을 챙겨 맨손으로 천천히 훑어가며 풀어주었다. 눈에 뭐가 보이기 시작했을 때 노인은 물고기가 은빛 배를 드러내놓고 뒤집어진 채 물 위에 떠 있는 것을 보았다. 작살 자루는 물고기의 어깨에 꽂힌 채 비스듬하게 튀어나와 있었고, 바닷물은 물고기의 심장에서 흘러나오는 피로 붉게 물들고 있었다. 처음에는 그 피가 수심 천오백 미터도 넘는 푸른 바닷속 물고기 떼처럼 시커멓게 보였다. 그러다 피는 곧 구름처럼 번져나갔다. 물고기는 은빛 배를 드러낸 채 움직이지 않고 파도와 함께 둥실 떠 있었다.

노인은 언뜻언뜻 보이는 순간마다 주의 깊게 물고기를 살폈다. 그런 다음 작살 줄을 뱃머리 말뚝에 두 번 감아놓고는 두 손으로 머리를 감쌌다.

"정신 차려." 그는 이물의 널빤지에 기대면서 자신을 다그쳤다. "나는 늙은이고, 또 너무나 지쳐버렸어. 하지만 나는 방금 내 형제인 이 물고기를 죽였어. 이제 뒤처리할 노역만 남아 있을 뿐이야."

이제 저 녀석을 배 옆에 묶어두기 위해 올가미와 밧줄을 준비해야겠어, 하고 노인은 생각했다. 설사 내 몸이 둘이어서 저 물고기를 배에 실었다가 물이 차면 둘이서 물을 퍼낼 수 있다손 처도 이 배로는 저 물고기를 절대 실을 수 없거든. 내가 모든 준비가 다 되면 저 물고기를 끌어당겨 줄로 잘 묶고 그다음에 돛대를 세운 뒤 돛을 올리고 돌아가야 해.

노인은 밧줄을 아가미에 끼어서 입으로 빼 머리를 이물에다 꽉 붙들어 매 놓을 작정으로 물고기가 배 옆에 나란히 오도록 끌어당기기 시작했다. 저 녀석을 한번 보고 싶어. 직접 만지고 더듬어보고 싶어, 하고 노인은 생각했다. 저 녀석의 심장을 느꼈던 것 같아. 두 번째로 작살 자루를 찔러 넣었을 때 말이야. 자, 이제 저 녀석을 끌고 와서 배에 단단히 묶고 저 녀석의 꼬리와 허리춤에도 올가미를 씌워서 배에다 단단히 붙들어 매야겠어.

"이 노인네야, 이제 일을 시작해야지." 노인이 말했다. 노인은 물을 아주 조금만 마셨다. "싸움이 끝났으니 이제 힘든 노역만 잔뜩 남았구나."

그는 하늘을 올려다본 후에 고기를 내려다보았다. 그러고는 해를 찬찬히 살펴보았다. 늦어봐야 정오 정도밖에는 되지 않은 것 같군. 노인은 생각했다. 게다가 무역풍도 불고 있고. 이제 낚싯줄 따윈 아무래도 괜찮아. 집에 돌아가면 그 아이하고 내가 같이 이어 붙이면 되니까.

"고기야, 이리 오렴." 노인이 말했다. 하지만 고기는 오지 않았다. 오기는커녕 벌렁 뒤집힌 채 물 위에 둥둥 떠 있기만

해서 노인은 고기에게로 노를 저어 배를 갖다 대야 했다.

노인이 물고기와 같은 눈높이가 되게 물고기의 머리를 뱃머리에 바짝 붙였을 때도 노인은 그 물고기의 크기를 도저히 믿을 수가 없었다. 그래도 노인은 말뚝에서 작살 줄을 풀어 그 줄을 물고기의 아가미 쪽에서 찔러 넣어 턱으로 빼낸 뒤 칼 같은 부리에다 한 번 감고, 그 줄을 다른 쪽 아가미에 다시 찔러 넣었다 빼서 부리에다 줄을 한 번 더 감고, 그 다음에는 두 겹이 된 줄을 묶어서 뱃머리 말뚝에 단단히 잡아맸다.

그러고는 밧줄을 끊어서 고물로 들고 가 꼬리에 올가미를 만들어 묶었다. 원래 보라색과 은색이던 물고기는 이젠 온통 은색으로 변했고, 줄무늬는 꼬리와 같은 연한 보라색을 띠고 있었다. 줄무늬는 손가락을 좍 편 남자 손바닥보다도 더 넓었다. 물고기의 눈은 잠망경의 반사경이나 행렬기도에 참여하고 있는 성자의 눈빛처럼 아무런 표정도 담겨 있지 않았다.

"이 녀석을 죽이려면 이 방법밖에 없었어." 노인이 말했다. 물을 조금 마신 후 한결 기운이 난 노인은 이제 머리도 맑아졌고 쓰러질 것 같지도 않았다. 물고기는 딱 봐도 칠백 킬로그램은 족히 넘을 것 같았다. 어쩌면 그보다 무게가 더 나갈지도 몰라. 내장을 제거하고 3분의 2만 남는다고 쳐도, 이 고기를 한 근당 삼십 센트에 팔면 얼마나 남을까?

"계산을 해보려면 연필이 있어야겠는걸" 하고 그는 말했다. "암산할 만큼 머리가 맑지 않아. 위대한 디마지오도 오늘만큼은 나를 대단하다고 여길 거야. 뼈는 다친 데가 없어. 하지만 손과 등은 진짜 아프군." 뼈돌기는 어떤 병일까, 노인은 궁금했다. 아마 우리는 그 병이 뭔지도 모른 채 앓고 있을지도 몰라.

노인은 이물과 고물 그리고 가름대에 물고기를 단단히 비끄러맸다. 고기가 워낙 크다 보니 마치 노인의 배보다 훨씬 큰 배를 옆에 나란히 묶어놓은 것 같아 보였다. 노인은 줄을 한 가닥 잘라서 물고기의 주둥이가 벌어지지 않도록, 그래서 될 수 있으면 걸리적거리지 않고 순조롭게 배가 나아갈 수 있도록, 아래턱을 부리에 동여맸다. 그런 다음 돛대를 세우고, 갈고리로 쓰는 막대기와 가름대로 누더기 같은 돛을 올리자 배가 서서히 움직이기 시작했다. 노인은 고물 쪽에 반쯤 누운 자세로 남서쪽을 향해 배를 저어갔다.

노인은 나침반이 없어도 어느 쪽이 남서쪽인지 분간할 수 있었다. 무역풍이 불어와 살갗에 닿는 느낌과 돛이 움직이는 모습만으로도 방향을 알 수 있었기 때문이다. 목도 축이고 뭘 좀 잡아서 먹어둬야 하니까 손그물을 단 조그만 낚싯줄을 하나 드리워놓는 게 좋겠어. 하지만 노인은 손그물로 쓸 만한 것을 찾을 수가 없었고 미끼로 쓸 만한 것도 상한 정어리밖에는 없었다. 그래서 배 옆에 떠내려가는 누런 모자반류 해초 한 다발을 갈고리로 건져 올려 흔들어보았다. 그랬더니 그 안에 있던 작은 새우들이 배 바닥으로 우수수 떨어졌다. 여남은 마리의 새우들은 모래 벼룩처럼 팔딱팔딱 뛰며 발버둥 쳤다. 노인은 엄지와 검지로 새우 머리를 제거하고 껍질과 꼬리까지 죄다 씹어 먹었다. 아주 조그만 새우였지만 노인은 그 새우들이 영양가가 많다는 것을 알고 있었다. 맛도 꽤 괜찮았다.

물병에 아직 두 모금 정도 마실 물이 남아 있어서 노인은 새우를 먹은 뒤 물을 한 모금 마셨다. 무거운 물고기를 단 배치고는 순조롭게 나아갔다. 노인은 키의 손잡이로 방향을 조정했다. 노인이 배를 모는 동안 옆에 매단 고기가 보였다. 노인은 자기의 손을 살펴보고 고물에 몸을 기댈 때 등이 얼마나 아픈지 느끼고서야 이게 꿈이 아니고 실제로 일어난 일이라는 것을 알았다. 사실 놈을 해치우기 직전까지만 해도 고통이 너무나 심해 노인은 이게 꿈이거니 하고 생각했다. 물고기가 물에서 뛰어올라 잠시 허공에 움직이지 않고 있다가 다시 떨어졌을 때도 정말 희한한 일도 다 있구나, 하고 노인은 생각했다. 도저히 믿을 수가 없었던 것이다.

지금이야 여느 때만큼이나 잘 보이지만, 그때는 눈도 잘 보이지 않았다. 지금은 그 물고기가 실제로 있고 자기 손과 등의 고통도 꿈이 아니라는 것을 안다. 손은 금방 나을 거야, 하고 노인은 생각했다. 피를 깨끗하게 빼낸 데다 짠 바닷물이 상처를 아물게 해줄 거야. 깊은 바다의 검푸른 물은 세상에서 가장 좋은 치료제니까. 내가 해야 할 일은 그저 머리를 맑게 유지하는 것뿐이야. 손도 제구실을 잘 해주었고, 우리는 순조롭게 항해하고 있으니까. 물고기는 입을 꼭 다물고 꼬리를 위아래로 곧추세운 채 나와 함께 형제처럼 바다를 떠가고 있어. 이런 생각을 하다가 정신이 약간 흐릿해지자 노인은 저 물고기가 나를 항구로 끌고 가는 것인가, 아니면 내가 저 녀석을 끌고 가는 것인가, 라는 생각이 들었다. 만약 내가 저 녀석을 매달고 가는 형국이라면 이상할 게 하나도 없지. 저 물고기가 체면이고 뭐고 다 내팽개친 채 이 배에 타고 있다 하더라도 이상할 게 하나도 없고 말이야. 어쨌든 지금은 나하고 서로 나란히 항해하고 있는 거야. 원한다면 물고기더러 나를 항구로 끌고 가라고 하지 뭐, 하고 노인은 생각했다. 내가 저 녀석보다 나은 것이라고는 요령 밖에 없는 데다, 저 녀석이 나를 해치려 한 것도 아니니까.

그들은 순조로운 항해를 계속했고, 노인은 짠 바닷물에 손을 담근 채 정신을 똑바로 차리려 애썼다. 노인과 물고기의 머리 위에는 뭉게구름이 높이 떠 있었다. 새털 바람도 많이 보였기 때문에 노인은 밤새도록 미풍이 불 거라는 걸 알았다. 노인은 이것이 꿈이 아니라는 것을 확인하기 위해 수시로 물고기를 바라보았다. 상어가 처음으로 물고기를 덮친 것은 이로부터 한 시간 뒤였다.

상어는 우연히 나타난 것이 아니었다. 상어는 검붉은 피 구름이 천오백 미터가 넘는 깊은 바닷물 속으로 가라앉아 옆으로 번지기 시작하자 그 피 냄새를 맡고 올라왔던 것이다. 상어는 무서운 속도로 아무런 경계심 없이 올라왔기 때문에 해수면을 박차고 올라와 해가 비치는 허공까지 치솟아 올랐다. 그러고는 다시 바닷물 속으로 떨어졌지만 피 냄새를 맡고 배와 물고기가 지나간 길을 따라 헤엄쳐 온 것이다.

상어는 간혹 피 냄새를 놓치기도 했다. 하지만 곧 냄새를 다시 찾아내거나 최소한 그 흔적이라도 찾아내 빠르고 힘차게 뒤쫓아왔다. 그 상어는 바다에서 둘째가라면 서러울 정도로 빠르게 헤엄칠 수 있는 아주 큰 마코상어였는데, 턱만 제외하면 모든 면에서 무척 아름다운 물고기였다. 상어의 등은 황새치의 등처럼 푸른색이었고, 배 부분은 은색이었으며, 껍질도 매끈하고 멋있었다. 이 상어는 큼직한 주둥이만 빼면 황새치와 생긴 모습이 거의 비슷했다. 바로 그 상어가 수면 아래에서 주둥이를 꽉 다물고 높은 등지느러미를 조금도 흔들림 없이 꼿꼿이 세운 채 칼로 물을 가르듯 빠른 속도로 헤엄쳐오고 있었다. 턱 부분의 꼭 다문 두 입술 안으로는 여덟 줄이나 되는 이빨이 안으로 굽어 있었다. 대부분의 상어처럼 피라미드식으로 굽은 그런 평범한 이빨이 아니었다. 이 이빨은 사람이 손가락을 매 발톱처럼 오므렸을 때와 같은 모양을 하고 있었다. 길이가 노인의 손가락만큼이나 길고 양면이 면도칼같이 날카로웠다. 그야말로 바닷속의 어떤 물고기라도 잡아먹을 수 있는 신체조건을 갖추고 태어난 이 상어는 워낙 빠르고 힘이 세고 단단하게 무장되어 있어서 당해낼 천적이 없었다. 피 냄새가 더 진해지자 상어는 푸른색 등지느러미로 물살을 가르며 더욱 속력을 내 쫓아왔다.

상어가 쫓아오는 것을 보고 노인은 이놈은 겁이라고는 전혀 없고 제가 하고 싶은 것은 틀림없이 해내고야 마는 상어라는 것을 알았다. 노인은 상어가 다가오는 것을 지켜보면서 작살을 준비해 밧줄을 단단히 묶었다. 그런데 물고기를 묶느라 좀 잘라서 밧줄이 짧았다.

노인의 정신은 맑고 또렷한 상태였고 각오도 비장했지만 희망은 거의 없었다. 이렇게 좋은 운이 오래 갈 리가 없지, 하고 노인은 생각했다. 상어가 거리를 좁혀오는 것을 주시하면서 노인은 커다란 물고기를 한번 바라봤다. 이게 차라리 꿈이었으면, 하고 노인은 생각했다. 저 녀석이 덤벼드는 걸 막을 순 없지만, 내가 저놈을 잡을 수는 있을지 몰라. 덴투소, 이 망할 놈의 자식.

상어는 빠른 속도로 배 후미에 바짝 따라붙었다. 상어가 물고기에게 덤비는 순간 노인은 상어의 주둥이가 벌어지고 눈빛이 이상해지더니 이빨이 따가닥 소리를 내며 꼬리 바로 위에 있는 살점을 향해 내리꽂히는 것을 보았다. 상어 대가리는 이미 물 밖으로 나와 있었고 등은 물 밖으로 막 나오고 있는 참이었다. 물고기의 살점이 상어에 의해 우지직하며 물어뜯기는 소리가 들리는 순간, 노인은 상어 대가리를 향해 작살을 날렸다. 작살은 상어 코에서 똑바로 위로 뻗어 있는 선과 두 눈 사이가 교차하는 지점에 날아가 꽂혔다. 물론 선이 실제로 있는 건 아니었다. 실제로 있는 것은 묵직하고 날카로운 푸른색 대가리와 큰 눈과 뭐든 집어삼켜 버릴 듯이 따가닥거리면서 마구 휘저어대는 턱뿐이었다. 그 상상의 선이 교차하는 부분은 바로 골이 있는 부분이었고, 노인은 그곳을 향해 내리찍었던 것이다. 노인은 피범벅이 된 손으로 있는 힘을 다해 작살을 그 표적에 쑤셔넣었다. 희망까지는 걸어볼 수 없어도 결의만은 비장했고 적의는 무뎌지지 않았다.

상어가 빙그르르 뒤집혔다. 노인은 상어의 눈이 살아 있는 눈이 아니라는 것을 알았다. 상어가 한 번 더 빙그르르 뒤집어지면서 상어의 몸이 밧줄로 두 번 감기었다. 노인은 상어가 죽었다는 걸 알았지만 상어는 자기가 죽은 목숨이라는 것을 인정하려 들지 않았다. 상어는 뒤집어진 상태에서 꼬리를 퍼덕이고 턱을 덜거덕거리며 마치 쾌속정처럼 물을 헤치며 앞으로 나아갔다. 상어의 꼬리가 물을 내리칠 때마다 하얀 포말이 일었다. 그리고 몸뚱이의 4분의 3 정도가 물 위로 떠올랐을 때 밧줄이 팽팽해지면서 부르르 떨더니 뚝 끊어졌다. 노인은 상어가 수면 위에 가만히 떠 있는 모습을 잠시 지켜보았다. 그러다 상어는 아주 서서히 가라앉았다.

"저놈한테 한 이십 킬로그램은 뜯겨버렸군." 노인은 큰 소리로 말했다. 내 작살도 가져가 버리고 내 밧줄도 가져가 버렸어. 내 물고기가 피를 흘리고 있으니 이제 다른 놈들이 또 덤벼들겠지.

물고기가 상어에게 물어뜯기고 나자 노인은 물고기를 쳐다보고 싶지가 않았다. 물고기가 상어의 공격을 받았을 땐 마치 자신이 공격받는 듯한 느낌이 들었다.

하지만 내 물고기를 덮친 상어를 내가 죽였어. 노인은 생각했다. 더구나 그놈은 내가 본 놈들 중에 제일 큰 덴투소였어. 둘째가라면 서러울 정도로 큰 물고기를 그렇게 많이 봤는데도 말이야.

오래가길 바라기엔 너무 과분한 행운이었지. 노인은 생각했다. 지금은 차라리 그게 꿈이었으면, 그래서 이 물고기를 낚은 적이 없고 그냥 신문을 깐 침대에 혼자 누워 있는 거라면 좋겠구먼.

"하지만 인간은 패배하라고 만들어진 게 아니야." 노인은 혼잣말을 했다. "인간은 파괴될 수는 있어도 패배할 수는 없어." 그래도 이 물고기를 죽인 건 유감이야. 노인은 생각했다. 이제 힘든 시간이 올 텐데 나에겐 작살조차 없으니.

덴투소는 잔인한 데다 재주도 있고 힘도 좋고 머리도 좋은 놈이야. 하지만 나는 놈보다 더 똑똑하게 굴었어. 아니, 어쩌면 그게 아니었을지도 모르지. 노인은 생각했다. 내가 단지 더 잘 무장되어 있었을 뿐이었는지도 몰라.

"이 늙은이야, 생각 따윈 하지 마." 노인이 소리 질렀다. 이대로 항해하다가 일이 생기면 부닥치는 거지. 하지만 나는 생각을 해야만 해. 노인은 생각했다. 내게 남은 거라고는 생각뿐이니까. 생각과 야구뿐이니까. 내가 상어 골통에 작살을 박는 활약을 봤다면 위대한 디마지오는 뭐라고 했을까? 그건 그다지 대단한 일이 못 되지만, 노인은 생각했다. 누구나 할 수 있는 일이거든. 하지만 내 망가진 손은 뼈돌기에 버금가는 장애가 아니었을까? 나로서는 알 수 없는 일이지만 말이야. 난 발뒤꿈치에 탈이 난 적이 한 번도 없으니까. 예전에 헤엄치다가 가오리를 밟았을 때 다리 아래쪽이 마비돼서 견디기 어려울 만큼 아팠던 적이 한 번 있었던 것 외에는.

"이봐, 늙은이. 기왕이면 좀 즐거운 일을 생각해봐." 노인이 말했다. "시시각각으로 집에 가까워지고 있잖아. 이십 킬로그램을 빼앗겼으니 배도 더 가뿐하게 항해할 수 있고."

노인은 조류 안쪽으로 들어서면 어떤 일이 일어날지, 그 패턴을 잘 알고 있었다. 하지만 지금은 어떻게 할 도리가 없었다.

"아냐, 도리가 있어." 노인은 크게 소리 질렀다. "노 끄트머리에다가 칼을 단단히 묶어두는 거야."

노인은 키 손잡이를 겨드랑에 끼고 돛자락은 발로 밟은 채 자기 생각을 실행에 옮겼다.

"자." 노인이 말했다. "나는 여전히 늙은이지만 무장하지 않은 늙은이는 아니야."

시원한 미풍이 불어왔고 노인은 순조롭게 항해했다. 물고기의 앞부분만 바라보았더니 일말의 희망이 되살아나는 듯했다.

희망을 품지 않는 건 어리석은 짓이야. 노인은 생각했다. 심지어 그건 죄라고 생각해. 죄에 대해서는 생각하지 말게, 늙은이. 지금은 죄 말고도 골치 아픈 일이 얼마든지 있으니까. 더구나 죄에 대해서라면 난 아는 게 없어.

나는 죄에 대해서 아는 것도 없고 죄라는 것을 믿는지 확신도 없어. 아마 물고기를 죽인 것은 죄였을 거야. 내 목숨도 부지하고 수많은 사람을 먹여 살리기 위해 한 짓이긴 하지만 그래도 그건 죄였다고 생각해. 하지만 그런 식으로 따지자면 죄가 아닌 게 어디 있겠어. 죄에 대해서는 생각하지 마. 그러기엔 때가 너무 늦은 데다 그런 건 돈을 받고 하는 사람들이 따로 있으니까. 그런 사람들이나 죄에 대해서 생각하라지. 물고기가 물고기로 태어났듯이 자네는 어부로 태어났어. 성 베드로도 어부였고 위대한 디마지오 선수 아버지도 어부였지.

하지만 노인은 자기하고 관련된 일들은 뭐든 생각하는 것을 좋아하는 사람인 데다 라디오도 없고 읽을거리도 없었기 때문에 자연히 생각을 많이 할 수밖에 없었고, 또 죄에 대해서도 계속 생각했다. 자네는 다만 목숨을 부지하고 물고기를 양식으로 내다 팔려고 고기를 죽인 게 아니야. 노인은 생각했다. 자네는 자존심을 지키려고 물고기를 죽였고, 또 자네가 어부기 때문에 물고기를 죽인 거야. 자네는 물고기가 살았을 때나 죽고 난 후나 쭉 물고기를 사랑했어. 물고기를 사랑한다면 물고기를 죽이는 것은 죄가 아니지. 아니면 더 큰 죄인가?

"이 늙은이야, 생각이 너무 많아." 노인이 큰소리로 혼잣말을 했다.

하지만 자넨 덴투소를 즐거운 마음으로 죽였지. 노인은 생각했다. 그놈은 자네하고 마찬가지로 살아 있는 물고기를 잡아먹고 사는 놈이야. 그놈은 썩은 고기를 뜯어 먹고 사는 놈이 아니고, 상어처럼 닥치는 대로 게걸스럽게 먹어 치우는 놈도 아니지. 덴투소는 아름답고 고결하고 뭐든 겁내지 않는 놈이거든.

"내가 그놈을 죽인 건 정당방위였어." 노인이 큰소리로 말했다. "그리고 난 그놈을 아주 깔끔하게 해치웠지."

게다가 세상의 모든 것들은 다른 모든 것들을 어떤 형태로든 죽이고 있다고. 노인은 생각했다. 고기잡이는 나를 먹여 살리는 동시에 나를 죽이고 있어. 그 아이도 나를 살아 있게 하는 존재지. 나는 나 자신을 너무 기만해서는 안 돼.

노인은 뱃전으로 몸을 기울인 채 상어가 물어뜯어 너덜너덜해진 물고기의 살점을 한 점 떼어냈다. 살점을 입안에 넣고 씹으며 품질도 맛도 좋다고 느꼈다. 육고기처럼 탱탱하고 촉촉했지만 붉은색 고기가 아니었다. 살점에는 힘줄이 전혀 없어서 시장에 내다 팔면 최고의 가격을 받을 수 있을 거라는 걸 노인은 알았다. 하지만 물고기 냄새가 물속에 번지지 않도록 할 방법은 없었고, 조만간 아주 힘든 고비가 닥치리라는 것을 노인은 알았다.

미풍이 변함없이 불었다. 바람은 동북쪽으로 약간 물러갔는데, 그걸로 봐서 바람이 잦아들지 않을 거라는 걸 알았다. 앞을 바라봐도 돛이나 다른 배나 배에서 피어오르는 연기 같은 게 전혀 보이지 않았다. 다만 이물 쪽에서 뛰어올랐다 배 옆으로 헤엄쳐 사라져버리는 날치와 누런 해초 뭉치만이 보일 뿐이었다. 새조차도 찾아볼 수 없었다.

고물에 기댄 채 휴식을 취하고 기운도 차리려고 이따금 만새기 살점을 씹으며 두 시간 정도를 그렇게 보내고 있었을 때였다. 노인은 두 마리 상어 가운데 첫 번째 놈을 발견했다.

"아아." 노인이 소리 질렀다. 그 소리는 뚜렷한 의미로 해

석해낼 수 없는 소리였다. 아마도 못이 손바닥을 지나 손 뒤에 있는 나무 판까지 뚫고 들어갈 때 한 인간이 자기도 모르게 내지르게 되는 비명 같은 것인지도 모른다.

"갈라노야." 노인이 큰소리로 말했다. 그때 노인은 두 번째 지느러미가 첫 번째 지느러미 바로 뒤에서 다가오고 있는 것을 보았다. 물을 쏠듯이 꼬리를 내젓는 모습이나 갈색 삼각형 지느러미로 보아 이놈들이 삽 모양의 코를 가진 상어들이라는 것을 알아차렸다. 피 냄새를 맡은 두 상어는 흥분한 상태였고 너무나 허기진 나머지 멍청해져서 냄새를 놓쳤다가 다시 찾기를 반복하며 서서히 미쳐가고 있었다. 이러나저러나 상어는 계속해서 거리를 좁혀오고 있었다.

노인은 돛을 비끄러매고 키의 손잡이도 단단히 고정시켰다. 그러고는 칼을 묶어놓은 노를 집어 들었다. 통증 때문에 손이 제대로 말을 듣지 않아 노를 최대한 살며시 치켜들어야 했다. 그런 다음 노인은 손을 풀어주기 위해 손을 쥐었다 폈다 했다. 통증을 억누르기 위해 손을 꽉 움켜쥔 채 조금도 주눅 들지 않고 상어가 다가오는 것을 노려보았다. 상어의 넓적하고 평평하고 삽처럼 뾰족한 대가리와 끝부분이 허연 넓적한 가슴지느러미가 보였다. 이놈들은 혐오스럽고 악취가 나며 산 고기 죽은 고기 가리지 않고 잡아먹는 살인 상어였다. 배가 고프면 배의 키나 노도 물어뜯었다. 바다거북이 물 위에서 잠들어 있을 때 다리나 발을 잘라 먹는 것도 이

상어들이었고, 물속에 사람이 있으면 사람도 덮쳤다. 피 냄새나 생선 비린내가 나지 않아도 배가 고프면 덤벼드는 놈들이었다.

"에라, 이 갈라노들아." 노인이 소리 질렀다. "덤벼봐라, 이 갈라노들아."

상어들이 가까이 다가왔다. 그런데 접근하는 투가 마코 상어들과는 달랐다. 한 놈이 몸을 돌려 배 밑으로 자취를 감추는가 싶더니, 물고기에게 덤벼들어 살점을 물어뜯느라 배가 흔들리는 것이 느껴졌다. 다른 한 놈은 옆으로 쫙 찢어진 노란 눈으로 노인을 감시하다가 반원형 턱을 쩍 벌린 채 이미 물어뜯긴 부위로 덤벼들었다. 상어의 갈색 대가리 꼭대기와 척추와 골이 만나는 부분이 뚜렷하게 보였다. 노인은 그 두 선이 만나는 지점에 칼을 푹 찔러 넣었다가 빼서는 다시 고양이 같은 상어의 누런 눈알에 내리꽂았다. 상어는 물고기를 놓아주며 떨어져 나갔고, 이미 물어뜯은 살점을 끝까지 삼키더니 숨이 끊어졌다.

다른 상어가 물고기를 물어뜯고 있었기 때문에 배는 여전히 흔들렸다. 돛을 풀어주자 배가 측면으로 돌면서 상어가 모습을 드러냈다. 상어가 보이자 노인은 뱃전에 몸을 기대며 상어를 내리찍었다. 살점이 있는 부분을 내리찍었지만 껍질이 워낙 단단해서 칼이 거의 들어가지 않았다. 또 칼이 제대로 박히지 않아 손뿐만 아니라 어깨까지 아파왔다.

하지만 상어는 머리를 쳐들더니 재빨리 올라왔고 놈이 코를 물 밖으로 내밀며 물고기로 향하는 순간 펑퍼짐한 대가리 한복판을 정확히 명중시켰다. 노인은 칼날을 빼내 또다시 똑같은 지점을 정확하게 가격했다. 그런데도 상어는 이빨을 여전히 물고기에 꽂은 채 포기하려 들지 않았다. 노인은 다시 한번 상어의 왼쪽 눈을 찔렀다. 그래도 상어는 여전히 떨어지지 않았다.

"어라?" 노인은 크게 소리를 지르며 척추골과 두개골 사이를 칼로 찔렀다. 이번에는 칼이 수월하게 들어가더니 놈의 연골이 쪼개지는 것이 느껴졌다. 노인은 노를 뒤집어 칼날 부분을 놈의 주둥이에 밀어 넣고는 아가리를 벌렸다. 칼날을 비틀자 상어는 힘없이 떨어져 나갔다. "잘 가라, 이놈의 갈라노야. 한 일이 킬로미터 그렇게 미끄러져 가라앉아 버려라. 가서 네 친구 놈도 만나고 네 에미도 만나거라."

노인은 칼날을 닦고 노를 제자리에 내려놓았다. 그리고 밧줄로 돛을 동여매 바람을 가득 채운 뒤 배를 원래 항로로 돌려놓았다.

"저놈들한테 물고기의 4분의 1은 족히 뜯겼군. 그것도 제일 맛있는 부분을 말이야." 노인이 큰소리로 혼잣말을 했다. "이게 그냥 꿈이었으면, 애당초 저 물고기를 낚지 않았더라면 좋았을걸. 물고기야, 미안하구나. 괜히 너를 낚아서 만사가 틀어지고 말았어."

노인은 입을 다물었고 이젠 고기를 아예 쳐다보기도 싫었다. 피가 다 빠지고 해수에 씻긴 물고기는 거울 뒷면 같은 은빛 색깔을 띠고 있었지만 줄무늬는 아직 알아볼 수 있었다.

"물고기야, 내가 그렇게 멀리까지 나가지 말았어야 했어." 노인이 말했다. "너를 위해서나 나를 위해서나 그러지 말았어야 했어. 미안하다, 물고기야."

그런 다음 노인은 자신에게 혼잣말을 했다. 이젠 칼을 잡아맨 부분을 살펴보고 어디 끊어진 데는 없는지 봐야지. 놈들이 더 몰려올 테니 그때 손도 제대로 쓸 수 있게 준비해둬야 하고.

"칼을 갈 숫돌이 있으면 좋으련만." 노인은 노 끄트머리에 잡아맨 매듭을 살펴본 뒤 이렇게 혼잣말을 했다. "숫돌을 챙겼어야 하는 건데." 노인은 챙겨왔어야 할 이런저런 것들에 대해 생각했다. 그런데 자넨 그런 걸 하나도 챙겨오지 않았어, 이 늙은이야. 지금 수중에 없는 걸 생각할 때가 아니야. 지금 있는 걸 가지고 뭘 어떻게 할지를 생각해야지.

"그럴듯한 충고는 잘도 하는군." 노인은 큰소리로 혼잣말을 했다. "이젠 충고라면 신물이 나." 배는 앞으로 계속해서 나아갔고, 노인은 키를 겨드랑이에 낀 채 두 손 모두 바닷물에 담갔다.

"마지막 상어 놈이 고기를 얼마나 뜯어 먹었는지 내가 무슨 수로 알 수 있겠어." 노인이 말했다. "그래도 덕분에 배는 훨씬 가벼워졌군." 노인은 물어 뜯겨서 너덜너덜해졌을 물고기의 아랫배에 대해서는 생각하고 싶지 않았다. 노인은 상어가 한번 부딪칠 때마다 물고기의 살점이 뜯겨 나갔음을, 그리고 상어가 쫓아오기 좋도록 물고기가 바다 위에 고속도로만큼이나 널찍한 흔적을 남겼음을 알고 있었다.

이 물고기 한 마리 정도면 한 사람이 한겨울을 날 수도 있으련만, 하고 노인은 생각했다. 그런 생각은 하지 말게나. 오로지 휴식을 취하면서 손이 제대로 움직일 수 있게 해서 지금 남아 있는 살점이라도 지킬 생각을 해야지. 물속에 퍼지고 있는 피 냄새에 비하면 내 손에서 나는 피 냄새는 아무것도 아냐. 더구나 문제 될 만한 부분에 상처가 난 것도 아니고. 피가 나서 오히려 왼손에 쥐가 나지 않을 거야.

이제 뭐 더 생각할 만한 게 또 없을까? 노인은 생각했다. 아무것도 없어. 아무 생각 하지 말고 다음에 나타날 놈들이나 기다리자고. 이게 정말 꿈이었으면 좋겠군, 하고 노인은 생각했다. 하지만 누가 알아? 결국 모든 게 잘된 일로 결말이 날지.

그다음에 나타난 것은 코가 삽같이 생긴 상어였다. 만약 사람 머리가 쏙 들어갈 만큼 입이 옆으로 길게 찢어진 돼지가 있다면 이 상어야말로 그렇게 생긴 돼지가 죽통을 향해 덤벼드는 것처럼 물고기를 향해 달려들었다. 노인은 상어가 물고기를 공격하게 놔두었다가 노에 묶은 칼로 놈의 골에 내리꽂았다. 하지만 상어가 뒤집어지면서 몸을 뒤로 홱 젖히는 바람에 칼날이 뚝 부러지고 말았다.

노인은 자리를 잡고 앉아 다시 키를 잡았다. 그 큰 상어가 처음에는 원래 제 크기였다가 점점 작아지며 조그만 형체로 서서히 물속으로 가라앉았지만 노인은 쳐다보지 않았다. 평소 노인은 고기가 가라앉는 모습에 매료돼 멍하니 바라보곤 했지만 지금은 그 광경을 거들떠보지도 않았다.

"아직 갈고리대가 있어." 노인이 말했다. "하지만 그건 아무짝에도 쓸모없을 거야. 그래도 노가 아직 두 개나 있고, 키 손잡이와 짤막한 몽둥이도 있어."

결국 저 녀석들이 나를 이기는구나. 노인은 생각했다. 상어를 몽둥이로 때려잡기에는 나는 이제 너무 늙었어. 그래도 노와 짧은 몽둥이와 키 손잡이가 있으니 할 수 있는 데까지는 해봐야지.

노인은 짠물에 손을 적시기 위해 다시 바닷물에 손을 담갔다. 늦은 오후로 접어들고 있었으며 눈에 보이는 거라고는 바다와 하늘뿐이었다. 하늘은 조금 전보다 바람이 많이 불었고, 노인은 머지않아 육지를 보게 되기를 희망했다.

"자네는 지쳤어, 이 늙은이야." 노인이 말했다. "속속들이 지치고 만 거야."

상어가 다시 덤벼든 것은 해가 지기 직전이었다. 물고기가 물속에 만들어놓은 흔적을 따라 다가오고 있는 갈색 지

116

느러미들이 보였다. 상어 떼는 이제 냄새를 쫓아 이리저리 헤매지도 않고 배를 향해 곧장 헤엄쳐오고 있었다.

노인은 키 손잡이를 단단히 고정시켜놓고 밧줄로 돛을 잡아맨 후 고물 밑으로 손을 넣어 몽둥이를 찾았다. 몽둥이라고 해봤자 부러진 노를 일 미터 정도 길이로 잘라 만든 노 손잡이였다. 손잡이 부분 때문에 한 손으로 잡아야만 효과적으로 사용할 수 있었다. 노인은 그것을 오른손으로 단단히 붙잡고 손목 관절을 구부렸다 폈다 하면서 상어가 다가오는 것을 지켜보았다. 둘 다 갈라노 상어였다.

첫 번째 놈이 달려들도록 놔뒀다가 그놈의 콧등이나 정수리 부분을 정통으로 가격해야지, 하고 노인은 생각했다.

두 마리의 상어는 서로 바짝 붙은 채 다가왔는데 노인 쪽에 가까운 놈이 주둥이를 쩍 벌리며 물고기의 은빛 옆구리에 이빨을 박는 순간 노인은 몽둥이를 높이 치켜들었다가 상어의 넓적한 머리통 꼭대기 부분에 힘껏 내리꽂았다. 몽둥이가 상어를 내리치는 순간 고무같이 탱탱한 느낌을 받았다. 하지만 뼈에 부딪치는 듯한 딱딱한 느낌도 있었다. 상어가 물고기에서 떨어지며 미끄러져 나가는 순간 그놈의 콧등을 다시 한번 세차게 내리쳤다.

보였다 안 보였다 하던 다른 상어들도 주둥이를 벌린 채 달려들기 시작했다. 상어가 물고기에 달려들어 주둥이를 다물자 상어 주둥이 언저리에 하얗게 비어져 나오는 물고기의 살점 조각이 보였다. 노인이 몽둥이를 휘둘러 상어 대가리를 가격했지만 상어는 노인을 쳐다보며 물었던 살점을 뜯어냈다. 상어가 살점을 삼키려고 물고기에서 미끄러져 나올 때 노인은 그놈을 향해 다시 한번 몽둥이를 휘둘렀다. 하지만 탱탱한 고무 같은 탄력 때문에 튕겨 나오고 말았다.

"덤벼봐라, 갈라노야." 노인이 말했다. "또 덤벼봐."

상어가 와락 달려들었고 노인은 그놈이 주둥이를 닫는 순간 또다시 그놈을 내리쳤다. 몽둥이를 최대한 높이 치켜들었다가 호되게 내리쳤다. 이번에는 골통 아래쪽 뼈에 닿은 듯한 느낌이 들었다. 상어가 살점을 물어뜯은 뒤 물고기에서 스르르 미끄러져 나올 때 같은 부위에 한 번 더 일격을 가했다.

노인은 상어가 또 덤벼드는지 살펴보았지만 두 마리 다 모습이 보이지 않았다. 그러다 그중 한 놈이 수면에 원을 그리며 헤엄치는 것이 보였다. 다른 놈의 지느러미는 보이지 않았다.

놈을 죽이겠다는 기대 같은 건 하지 않아. 노인이 생각했다. 한창때라면 죽일 수도 있었겠지만. 하지만 두 놈 다 중상을 입었으니 맥을 못 출 거야. 두 손으로 잡고 몽둥이를 휘둘렀다면 첫 번째 놈은 확실히 죽일 수도 있었을 텐데. 지금이라도 말이야, 하고 노인은 생각했다.

물고기는 쳐다보고 싶지 않았다. 절반은 뜯겨 나갔을 거라는 걸 노인은 알았다. 노인이 상어와 싸움을 벌이는 사이 해가 졌다.

"곧 어두워질 거야." 노인이 말했다. "그러면 아바나의 불빛이 보이겠지. 내가 너무 동쪽으로 나와 있는 거라면 낯선 해안의 불빛이라도 보일 테고."

너무 멀리 떨어져 있진 않을 거야. 노인은 생각했다. 사람들이 나 때문에 너무 걱정하지 않았으면 좋으련만. 내 걱정을 할 사람이라 봐야 그 아이뿐이긴 하지만 말이야. 하지만 그 아이는 내가 무사할 거라 확신하고 있을 거야. 나이 든 어부들 가운데도 걱정하는 사람이 몇 명 있겠지. 다른 사람들도 많이 걱정할 테고. 난 참 좋은 동네에 살고 있어.

물고기가 너무 심하게 손상되었기 때문에 이제는 물고기를 상대로 말을 할 수도 없었다. 그때 뭔가 다른 생각이 머릿속에 떠올랐다.

"반 쪼가리 물고기야." 노인이 말했다. "넌 온전한 물고기였는데, 내가 너무 멀리 나가 미안하구나. 내가 우리 둘 다 망쳐놓고 말았어. 그래도 너하고 나하고 둘이서 상어 여러 마리를 죽이고 또 꽤 조져놓기도 했잖니. 물고기야, 너는 왕년에 몇 마리나 죽였니? 그 머리에 창날을 쓸데없이 붙이고 다니진 않았겠지."

노인은 물고기를 생각하며 물고기가 자유롭게 헤엄칠 수 있었다면 상어를 어떻게 했을지 상상해봤다. 물고기 주둥이를 잘라서 그걸 무기로 상어들을 상대했어야 했는데, 하고 노인은 생각했다. 하지만 노인에게는 도끼도, 칼도 없었다.

그래도 만약 그럴 수 있었다면, 그래서 그 주둥이를 노 끄트머리에 붙들어 맬 수 있었다면 참 굉장한 무기가 되었을 거야. 그랬다면 물고기와 내가 같이 싸우는 거나 다름없었을 텐데. 오늘 밤에 상어 놈들이 덮벼들면 어떻게 하지? 어떤 수를 써야 하지?

"놈들과 싸워야지." 노인이 말했다. "죽을 때까지 놈들과 싸워야지."

칠흑같이 어두운데도 빛은 어디에도 보이지 않았다. 바람만이 배를 꾸준히 끌고 가고 있어 노인은 자기가 이미 죽었을지도 모른다고 생각했다. 두 손을 모아 손바닥이 닿는 느낌을 확인했다. 자신은 아직 죽지 않았고 두 손바닥을 닿았다 폈다 하자 고통이 생생하게 되살아나는 것을 느낄 수 있었다. 고물에 등을 기대도 자기가 죽은 게 아니라는 것을 알 수 있었다. 어깨의 통증이 그걸 말해주고 있었기 때문이었다.

그 고기를 잡을 수 있게만 해준다면 기도문도 외우겠노라 약속했는데, 하고 노인은 생각했다. 하지만 지금은 너무 지쳐서 기도문조차 외울 수가 없어. 부대 자루를 가져다가 어깨를 덮는 게 좋겠군.

노인은 고물에 누운 채 배를 몰며 하늘이 밝아오기만을

기다렸다. 아직 물고기의 절반은 남아 있잖아. 노인은 생각했다. 절반만이라도 가지고 돌아갈 수 있을 만큼 운이 남아 있을지도 모르지. 아냐. 노인은 말했다. 너무 멀리까지 왔을 때 난 이미 내 운을 걷어찬 거나 마찬가지야.

"바보 같은 소리 하지 마." 노인이 소리를 질렀다. "정신 차리고 배나 제대로 몰아. 아직도 운이 넉넉하게 남아 있을지도 모르니까."

"누가 어디서 운을 판다면 가서 좀 사고 싶구먼." 노인이 말했다.

뭘 주면 운을 살 수 있을까? 노인이 자신에게 물었다. 잃어버린 작살이랑 부러진 칼이랑 못 쓰게 된 두 손을 주면 살 수 있을까?

"살 수 있을지도 모르지." 노인이 말했다. "자넨 바다에 바친 여든 나흘을 대가로 운을 사려고 했잖아. 또 거의 살 뻔하기도 했고."

말도 안 되는 생각은 하지 말아야지, 하고 노인은 생각했다. 운이란 여러 가지 형태로 찾아오는데 그걸 누가 알아볼 수 있겠어? 어떤 형태로 오든 운을 가질 수 있다면 무슨 값을 치르고라도 사고 싶구먼. 아바나의 불빛이 비치는 걸 볼 수 있었으면 좋겠군. 노인은 생각했다. 난 참 바라는 것도 많아. 하지만 내가 지금 당장 바라는 건 그거 하나야. 노인은 좀 더 편한 자세로 배를 몰기 위해 애썼다. 고통이 느껴지는 거로 봐서 자기가 아직 죽지 않았음을 알 수 있었다.

도시의 불빛이 수면에 반사되어 어른거리는 것을 본 것은 밤 열 시쯤이라고 짐작되는 시각이었다. 처음에는 그 빛이 달이 뜨기 전 하늘이 어렴풋하게 밝아오는 것인 줄로만 알았다. 그러다가 바람이 점점 강해져 거칠어진 바다 저편에서 그 빛이 한결같이 비치고 있음을 알았다. 노인은 빛이 있는 쪽으로 배를 몰아가며 머지않아 만류 가장자리에 닿게 될 거라 확신했다.

이제 끝이야. 노인은 생각했다. 상어가 다시 공격해올지도 모르지만 어둠 속에서 무기도 없이 인간이 상어를 상대로 뭘 할 수 있겠어?

몸이 뻣뻣해지면서 쑤시고 아팠다. 상처가 나고 무리했던 몸 구석구석이 차가운 밤공기 때문에 더 욱신거렸다. 또 싸워야 할 일이 없었으면, 하고 노인은 바랐다. 제발 또 싸워야 할 일이 없었으면 좋으련만.

하지만 자정 무렵이 되자 노인은 또 싸워야 했고, 이번에는 싸워봤자 헛된 일임을 알았다. 상어가 떼를 지어 몰려왔는데, 노인은 상어 지느러미가 물을 가르며 다가오는 것과 물고기한테 덤벼드는 인광밖에는 보지 못했다. 노인은 상어의 머리를 향해 몽둥이를 휘둘렀다. 놈들이 배 밑에서 물고기를 뜯어먹느라 이빨이 딱딱 부딪치는 소리가 났고 배가 몹시 흔들렸다. 노인은 느낌과 소리만을 좇아 필사적으로 몽둥이를 휘둘렀다. 무언가가 몽둥이를 잡아채는 느낌이 나더니 몽둥이가 사라져버렸다.

노인은 키에서 손잡이 부분을 떼어내더니 그걸 두 손으로 잡고 닥치는 대로 휘두르고 내리찍었다. 그런데도 상어떼는 이물 쪽으로 몰려가더니 서로 번갈아가며 달려들어 물고기의 살점을 뜯어먹었다. 상어들이 한 바퀴 돈 후 다시 달려들 때 물고기의 살점이 바닷물 아래에서 허옇게 빛나고 있는 것이 보였다.

마침내 상어 한 마리가 물고기 머리를 물어뜯었고, 노인은 이제 싸움도 끝임을 알았다. 상어가 절대 뜯기지 않을 육중한 물고기의 머리를 물었다가 이빨이 박힌 채 꼼짝 못하고 있을 때 노인은 키 손잡이로 상어의 머리를 내려쳤다. 한번 치고 두 번 치고 또 내려쳤다. 키 손잡이가 부러지는 소리가 들리자 노인은 부러진 손잡이 끝부분을 쥔 채 상어에게 달려들어 찔렀다. 살을 뚫고 들어가는 것이 느껴졌다. 부러진 손잡이 끝부분이 뾰족하다는 걸 깨달은 노인은 다시 한번 상어를 푹 찔렀다. 상어는 물었던 것을 포기하고 빙빙 돌며 떨어져 나갔다. 몰려든 상어 떼 중 마지막 남은 상어였다. 뜯어먹을 게 더는 남아 있지 않았던 것이다.

노인은 거의 숨을 쉴 수 없을 지경에 이르렀고, 입안에서 이상한 맛이 느껴졌다. 구리 같으면서도 달짝지근한 맛이었는데, 그 때문에 노인은 덜컥 겁이 났다. 하지만 양이 그렇게 많은 건 아니었다.

노인은 입안에 고인 걸 바다에 뱉으며 말했다. "갈라노야, 이거나 먹어라. 그리고 네가 사람을 죽였다는 꿈이나 꾸거라."

마침내 노인은 자신이 패배하고 말았다는 것을 알았다. 배의 고물로 돌아가 끝이 들쭉날쭉하게 부러진 키 손잡이를 키 구멍에 넣어보니 배를 몰 수 있을 만큼 그럭저럭 쓸 만했다. 부대 자루를 어깨에 두르고 배를 항로에 올려놓았다. 배는 가볍게 움직였고 노인은 아무 생각도 아무런 느낌도 없었다. 이제 모든 것은 지나갔고, 노인은 귀항하기 위해 최대한 요령을 부려 솜씨 좋게 배를 몰기만 하면 됐다. 마치 식탁에 떨어진 빵 조각을 주워 먹는 사람처럼 상어들이 한밤중에도 물고기의 잔해를 향해 덤벼들었다. 노인은 더는 상어에게 신경 쓰지 않았다. 오로지 배를 몰고 가는 것 외에는 그 무엇에도 신경 쓰지 않았다. 배 옆에 달려 있던 무거운 짐이 사라졌으니 배가 얼마나 가볍게 잘 나아가는지만 의식할 뿐이었다.

배 상태는 좋군, 하고 그는 생각했다. 키 손잡이를 제외하면 배는 아직 튼튼하고 망가지지 않았어. 손잡이야 쉽게 갈아 끼울 수 있으니까.

노인은 이제 만류 안쪽으로 들어섰음을 느낄 수 있었고, 해안을 따라 늘어선 해변 마을의 불빛도 보였다. 노인은 자기가 어디쯤 와 있는지 알았기 때문에 집으로 돌아가는 건 이제 아무 일도 아니었다.

어쨌든 바람은 우리 친구야, 하고 노인은 생각했다. 그러곤 때때로 그렇다는 말이야, 하고 덧붙였다. 우리의 친구와 적을 모두 품고 있는 드넓은 바다도 그래. 그리고 침대도 있지. 그냥 침대 말이야. 노인은 생각했다. 침대는 정말 반가운 것일 수 있지. 심신이 녹초가 되었을 때는 특히 더 반가운 것이 될 수 있지. 그런데 예전에는 그걸 전혀 알지 못했어. 그런데 날 녹초로 만든 건 뭐지? 노인은 생각했다.

"아무것도 아니었어." 노인이 큰소리로 말했다. "내가 너무 멀리 나간 탓일 뿐이야."

배가 작은 항구로 들어섰을 때 테라스의 불은 꺼져 있었다. 노인은 사람들이 다 잠자리에 들었을 거라 생각했다. 바람이 꾸준히 일더니 이제는 제법 거세졌다. 하지만 항구는 조용했고, 노인은 배를 몰아 바위 아래 좁은 자갈밭에 댔다. 도와줄 사람이 아무도 없었으므로 노인은 혼자서 배를 최대한 뭍으로 끌어올렸다. 그러고는 배에서 내려 커다란 바위에 배를 단단히 묶었다.

노인은 돛대를 내려 돛을 둘둘 감아서 묶었다. 그런 다음 돛을 어깨에 메고 비탈을 올라가기 시작했다. 비로소 자기가 얼마나 녹초가 되었는지 실감했다. 노인은 잠시 발을 멈추고 뒤를 돌아보았다. 물에 반사되는 가로등 빛 덕분에 배의 고물 뒤에 빳빳하게 서 있는 물고기의 거대한 꼬리가 보였다. 하얗게 드러난 물고기의 등뼈, 시커먼 덩어리 모양의 대가리 부분에서 뾰족하게 튀어나온 주둥이, 그리고 그 사이사이에 있는 앙상한 것들도 모두 보였다.

그는 다시 올라가기 시작했고, 꼭대기 지점에 도착하자 돛대를 어깨에 멘 채 쓰러져 잠깐 그대로 누워 있었다. 노인은 일어나려고 시도해보았으나 너무 힘들어 돛대를 어깨에 메고는 그 자리에 그대로 주저앉아 길 쪽을 바라보았다. 고양이 한 마리가 볼일을 보러 길 저편을 지나는 게 보였다. 노인은 우두커니 앉아 길 쪽을 바라보았다.

이윽고 노인은 돛대를 내려놓고 몸을 일으켜 세우더니 돛대를 다시 잡아 세워 어깨에 둘러멘 채 길을 오르기 시작했다. 노인은 도중에 다섯 번이나 주저앉았고 겨우 오두막에 도착했다.

오두막에 들어선 노인은 돛대를 벽에다 기대 세워놓았다. 어둠 속에서 물병을 찾아 물을 한 모금 마셨다. 그러고는 침대에 드러누웠다. 담요를 끌어당겨 어깨를 덮고 등과 다리도 덮은 다음, 손바닥이 위로 가도록 양팔을 쭉 뻗은 채 신문지 위에 엎드려 잠이 들었다.

아침에 소년이 오두막집 문을 열고 안을 들여다볼 때까지도 노인은 잠들어 있었다. 소년은 바람이 너무 거세 범선들이 출항하지 못하는 상황이어서 늦게까지 잠을 자고는 매일 아침 하던 대로 노인의 오두막을 들여다보러 왔던 것이다. 소년은 노인이 숨을 쉬고 있는지 확인한 후 노인의 두 손을 보고는 울기 시작했다. 소년은 커피를 좀 가져오려고 아주 조용히 오두막을 나왔다. 커피를 가지러 가는 길 내내 소년은 울음이 그치지 않았다.

어부들이 노인의 작은 배 주변에 모여 배 옆에 묶여 있는 것을 구경하고 있었다. 그중 한 어부는 바지를 걷고 물에 들어가 뼈만 남은 물고기를 줄자로 재고 있었다.

소년은 그곳에 내려가지 않았다. 이미 가보았던 데다가 어부 한 사람이 소년 대신 노인의 배를 돌봐주고 있었기 때문이었다.

"좀 어떠시더냐?" 어부 한 사람이 큰소리로 물었다.

"주무시고 계세요." 소년이 큰소리로 대답했다. 자기가 울고 있는 모습을 사람들이 쳐다봐도 상관하지 않았다. "아무도 할아버지가 주무시는 걸 방해하지 마세요."

"코에서 꼬리까지 무려 5.5미터야." 물고기를 재던 어부가 소리쳤다.

"아저씨 말을 믿어요." 소년이 말했다.

소년은 테라스에 들어가 커피 한 깡통을 주문했다.

"설탕과 우유를 듬뿍 넣고 뜨겁게 해주세요."

"더 필요한 건 없니?"

"없어요. 나중에 뭘 드실 수 있나 알아올게요."

"정말 대단한 물고기야." 가게 주인이 말했다. "저런 물고기는 생전 처음이야. 어제 네가 잡은 물고기 두 마리도 참 좋았지만 말이지."

"그까짓 거, 제가 잡은 고기야." 소년은 이렇게 말하고는 다시 울기 시작했다.

"너도 뭣 좀 마실래?" 하고 주인이 물었다.

"아니요." 하고 소년이 말했다. "사람들한테 산티아고 할아버지를 귀찮게 하지 말라고 전해주세요. 다시 올게요."

"내가 안타까워하더라고 전해주렴."

"고마워요." 소년이 말했다.

소년은 뜨거운 커피가 든 깡통을 조심스럽게 들고 노인의 오두막으로 가서 노인이 깰 때까지 옆에 앉아 있었다. 노인은 한 번 잠이 깨는 듯했다. 그러나 또다시 깊은 잠에 빠져들어서 소년은 길 건너편으로 가 땔감을 좀 빌려와 커피를 데울 불을 피웠다.

마침내 노인이 깨어났다.

"일어나지 마세요." 소년이 말했다. "이거 좀 드세요." 소년은 커피를 잔에 조금 따라주었다.

노인은 그 잔을 받아 마셨다.

"마놀린, 내가 놈들한테 깨졌어." 노인이 말했다. "놈들한테 단단히 깨지고 말았어."

"그놈한테 깨진 건 아니잖아요. 저 물고기 말이에요."

"그래, 그건 사실이야. 내가 깨진 건 그 뒤에 일어난 일이지."

"페드리코 아저씨가 배와 어구를 점검하고 있어요. 물고기 대가리는 어떻게 할까요?"

"페드리코더러 쪼개서 물고기 덫으로나 쓰라고 해."

"그 뾰족한 부리는요?"

"갖고 싶으면 네가 가지렴."

"네, 제가 가질래요." 소년이 말했다. "이젠 다른 것들에 대해서도 계획을 세우셔야죠."

"사람들이 나를 찾으려고 수색했니?"

"그럼요. 해안 경비대와 비행기까지 동원됐었어요."

"바다가 워낙 넓은 데다 배가 너무 작으니 찾기 어려웠겠지." 노인이 말했다. 자기 자신과 바다를 상대로만 말을 하다가 누군가를 상대로 말을 하는 것이 얼마나 즐거운 일인지 노인은 새삼 깨달았다.

"네가 무척 그리웠다." 노인이 말했다. "넌 뭘 잡았니?"

"첫째 날에 한 마리. 둘째 날에 한 마리. 그리고 셋째 날에 두 마리 잡았어요."

"참 잘했구나."

"이제부터는 같이 다녀요."

"아니다. 난 운이 없는 사람이야. 나한테서 더는 운을 기대할 수 없어."

"그까짓 운." 소년이 말했다. "제가 운을 가지고 다니면 되죠."

"네 가족들이 뭐라고 안 하겠니?"

"상관없어요. 전 어제 두 마리나 잡았는걸요. 하지만 아직도 배울 게 많으니까 이젠 저랑 같이 고기를 잡으러 다녀요."

"물고기를 확실하게 잡을 수 있는 잘 드는 창을 하나 마련해서 배에 늘 싣고 다녀야겠다. 창날은 낡은 포드 자동차에서 용수철 판을 뜯어내 만들 수 있지. 과나바코아에 가면 날을 갈 수 있거든. 날을 아주 날카롭게 갈아야 하니까 담금질을 하면 안 돼. 그러면 부러지거든. 내 칼은 부러지고 말았어."

"제가 칼을 하나 구해오고 용수철 판도 구해올게요. 강한 브리사 바람은 며칠이나 갈까요?"

"한 사흘은 더 불겠지. 더 오래 불지도 모르고."

"제가 다 준비해둘게요." 소년이 말했다. "할아버지는 손이나 잘 치료하세요."

"손이야 내가 어떻게 하면 되는지 아니까 걱정하지 마라. 밤중에 뭔가 이상한 걸 뱉었는데, 가슴 속에서 뭐가 깨진 것 같아 그게 걱정이다."

"그럼 그것도 잘 치료하세요." 소년이 말했다. "할아버지, 이제 그만 좀 누우세요. 제가 깨끗한 셔츠를 가져올게요. 그리고 먹을 것도 좀 챙겨오고요."

"내가 없는 동안 나온 신문이 있으면 아무거나 좀 집어오 너라." 노인이 말했다.

"전 아직 배울 게 많으니까 할아버지가 다 가르쳐주셔야 해요. 그러니까 빨리 기력을 회복하셔야 하고요. 도대체 얼 마나 고생을 많이 하신 거예요?"

"할 만큼 했지." 노인이 말했다.

"그럼 전 음식하고 신문을 가지러 나가볼게요." 소년이 말했다. "할아버지, 푹 쉬세요. 손에 바를 약도 약방에 가서 사올게요."

"페드리코한테 고기 머리는 자기 것이라고 전하는 거 잊 지 말고."

"네, 잊지 않을게요."

소년은 문밖으로 나와 닳아빠진 산호암 위를 걸어가는 내내 또다시 울었다.

그날 오후 한 무리의 관광객이 테라스에 도착했다. 빈 맥 주 깡통과 죽은 꼬치어가 널브러져 있는 가운데 바다를 바 라보던 관광객 중 한 여인이 어마어마하게 큰 꼬리가 달린 크고 하얀 물고기 등뼈가 거센 파도가 울렁거리는 가운데 항구 어귀 바깥쪽에서 둥실 떠올랐다가 이리저리 밀려다니 고 있는 것을 보았다.

"저게 뭐죠?" 여인이 웨이터에게 물었다. 그녀의 손은 이 제는 조류에 쓸려나가기를 기다리는 쓰레기에 불과한 커다란 물고기의 기다란 등뼈를 가리키고 있었다.

"티뷰론이죠." 웨이터가 말했다. "상어의 일종이에요."
웨이터는 그 물고기에 얽힌 사연을 이야기해주려 했다.

그때 여인이 말했다. "상어가 저렇게 근사하고 아름답게
생긴 꼬리를 가지고 있는 줄 몰랐어요."

"나도 몰랐어." 그때 그녀와 동행한 남자가 말했다.

길 위에 있는 오두막에선 노인이 다시 잠들어 있었다. 그
는 아직도 얼굴을 파묻은 채 엎드려 자고 있었고, 소년은 옆
에서 그런 노인을 지켜보고 있었다. 노인은 사자 꿈을 꾸고
있었다.

패배하지 않는 영혼의 노래

20세기 미국 문학을 대표하는 작가 어니스트 헤밍웨이 (Ernest Hemingway)의 최고 걸작 가운데 하나로 손꼽히는 『노인과 바다(The Old Man and the Sea)』는 비교적 단순한 줄거리의 중편소설이다. 가난하고 운도 따르지 않는 늙은 어부 '산티아고'가 먼바다까지 고기잡이를 나갔다 생애 최고의 대어를 낚지만, 대어를 잡느라 사투를 벌이는 과정에서 흘린 물고기의 피 냄새를 맡고 몰려온 상어 떼로 인해 결국 뼈만 앙상하게 남은 고기를 싣고 귀항한다는 이야기다.

　『노인과 바다』에는 특별한 반전이나 갈등이 없다. 내용도 단순하고 주요 등장인물도 두 명 정도에 불과하다. 원서를 아무런 사전 지식 없이 읽으면 '노인과 바다'라는 제목은 물론, 쉽고 단순한 단어와 문장 때문에 동화라고 착각할 수도 있다. 그 때문에 많은 사람들은 『노인과 바다』를 "쉽게 속아 넘어갈 수 있는 소설"이라고 한다. 너무나 단순하고 쉬운 어휘와 문장 때문에 만만한 작품이라 생각하고 읽다가 마지막 페이지를 덮고서야 작품이 남기는 여운에 놀라게 되기 때문이다.

『노인과 바다』는 헤밍웨이가 쓴 작품 가운데 자타가 공인하는 최고의 작품이다. 헤밍웨이는 생전에 일곱 편의 장편소설, 여섯 권의 단편소설집 그리고 두 편의 논픽션을 발표했고, 사후에는 세 편의 장편소설과 네 권의 단편소설집 그리고 세 편의 논픽션이 출판됐다. 이 많은 작품 가운데 헤밍웨이는 『노인과 바다』가 "내 평생 쓸 수 있는 최고의 수작"이라고 단언했다. 스웨덴 학술원도 헤밍웨이를 노벨 문학상 수상자로 선정하게 된 이유를 그의 경이적인 서술 기법과 "현대문학 스타일에 끼친 지대한 영향력" 때문이라고 꼽았다.

헤밍웨이가 『노인과 바다』를 쓰게 된 계기는 1936년 4월로 거슬러 올라간다. 그해 헤밍웨이는 잡지 『에스콰이어』에 "쿠바의 먼바다로 작은 배를 타고 홀로 고기잡이를 나갔다가 거대한 청새치를 낚았지만 이틀간 끌려 다닌 늙은 어부 이야기"를 주제로 한 에세이를 실었다. 이 에세이에 나오는 늙은 어부는 거대한 물고기를 잡긴 했지만 피 냄새를 맡고 몰려온 상어 떼를 상대해야 했고, 결국 살점이 절반이나 떨어져 나가 사백 킬로그램 정도만 남은 물고기를 끌고 귀항한다.

이 년 후 헤밍웨이는 이 내용을 바탕으로『노인과 바다』를 쓰기 시작했지만 때마침 터진 스페인 내전을 배경으로 한 장편소설『누구를 위하여 종은 울리나(For Whom the Bell Tolls)』를 쓰느라 집필을 중단했다.『누구를 위하여 종은 울리나』는 1940년에 발표해 1941년 퓰리처 상 수상작으로 거론될 정도로 큰 성공을 거두지만 헤밍웨이는 그 후 10년 동안 이렇다 할 작품을 내놓지 못한다. 그러다가 1950년에『강을 건너 숲속으로(Across the River and into the Trees)』를 발표했으나 비평가들로부터 혹평을 받은 것은 물론, 작가로서 생명이 끝났다는 소리까지 들어야 했다. 헤밍웨이는 자신이 아직 작가로서 끝장난 것이 아님을 증명하는 역작을 내놓겠다는 집념으로 다시『노인과 바다』를 쓰기 시작했고 일 년 만에 작품을 완성해 1952년에 발표한다. 따라서 이 소설은 착상부터 완성까지 십육 년이나 걸린 셈이다.

헤밍웨이는 이 소설을 사진 전문지인『라이프』지에 먼저 게재했다. 세계적인 명성을 지닌 작가가 새 작품을 단행본으로 출판하기 전에 잡지에 먼저 발표한 경우는 이 작품이 처음이었다. 이 소설이 전재된『라이프』지는 판매를 시작한 지 이틀 만에 530만 부가 완전히 동이 나고, 며칠 후 출판된 단행본도 15만 3천 권이나 팔리며 순식간에 베스트셀러가 되는 대성공을 거두었다.

지나치게 감상적인 줄거리, 늙은 어부라기보다는 철학자처럼 느껴질 만큼 인위적인 인물 설정, 그리고 노골적인 기독교적 상징성 등을 들어 이 작품을 비판하는 이들도 일부 있었으나, 헤밍웨이가 『노인과 바다』에서 보여준 독창적인 문체, 그리고 경지에 다다른 서사 기법을 통해 담아낸 원숙한 인생관 등은 수많은 독자와 비평가로부터 헤밍웨이가 쓴 작품 가운데 가장 뛰어난 걸작이라는 반응을 불러일으켰다. 아울러 이 작품으로 헤밍웨이는 "작가로서 이제 끝났다"는 비관적인 견해들을 모두 잠식시켰다.

『노인과 바다』를 거론할 때 빠지지 않고 등장하는 헤밍웨이의 독보적인 서사 기법과 문체는 작품을 원서로 접하면 즉각 느낄 수 있다. 문장이 난해하기로 유명한 제임스 조이스(James Joyce)나 기네스북에 오를 정도로 길고 복잡한 만연체 문장으로 유명한 윌리엄 포크너(William Cuthbert Faulkner)와 같은 동시대 작가들과 분명하게 구분되는 헤밍웨이의 문장은 당시에 워낙 독보적이었던 나머지 "헤밍웨이스럽다(Hemingwayesque)"는 말까지 나오게 되었다. 그의 문장은 강건하고 간결하고 건조하다. 군더더기가 전혀 없이 단어를 알뜰하고 검소하게 사용해서 빚어내는 탄탄하고 짧은 문장이 특징이다. 헤밍웨이스러운 문장을 흔히 '하드보일드 스타일(Hard-Boiled Style)'이라고 부른다. 이런 스타일의 글은 감정 묘사와 잡다한 수식어를 배제하고 주로 3인칭 시점에서 간결하고 건조하게 써나가는 것이 특징이다. 특히 헤밍웨이는 의도적으로 비슷한 뜻을 가진 여러 단어 가운데 가장 기본적이고도 쉬운 단어만을 골라 썼다.

이런 헤밍웨이의 독보적인 서사 기법은 헤밍웨이가 저널리스트이자 종군기자 생활을 한 데서 연유한다. 헤밍웨이는 고등학교를 졸업한 뒤 대학에 진학하지 않고 『캔자스시티 스타』지의 기자로 근무했는데, 이때 배운 기사를 쓰는 원칙이 헤밍웨이스러운 문장을 형성하는 기본 바탕이 된 것이다.

난해하고 복잡한 문체로 정평이 나 있는 포크너가 어느날 헤밍웨이를 두고 "독자가 사전을 뒤져봐야 할 단어를 전혀 쓰지 않는 작가"라고 하자 헤밍웨이가 "거창한 단어를 써야만 거창한 감정을 불러일으킨다고 생각하는가?" 하고 되받아친 유명한 일화가 있다.

이 두 작가의 논쟁은 많은 것을 시사하고 있다. 그 당시의 영미 문학 작품에서는 거창한 단어와 표현들을 많이 사용한 길고 복잡하고 난해한 문체가 지배적이었기 때문에 독자들은 책을 읽을 때 몇 번이고 사전을 뒤져봐야 하는 것은 물론, 내용을 분명하게 이해하기조차 어려웠다. 이런 문학 현실에서 헤밍웨이는 강건하고 간결한 문체로 문학계의 흐름을 바꾸어놓았고 영미 문학계에 큰 영향을 끼쳤던 것이다.

쉽고 단순하게 글을 쓴다는 것은 누구나 쉽게 따라 할 수 있는 일이지만 헤밍웨이는 그 속에 구체적이고도 시적인 이미지와 리듬감을 살려 시시각각 펼쳐지는 생생한 박진감, 그리고 글로 표현하지 않은 내면의 생각과 인물의 성품까지 담아내는 서사 기법을 완성시켰다. 이에 대해 헤밍웨이는 『노인과 바다』를 '빙산 원칙(Iceberg Principle)'에 따라 쓴 작품이라고 했다. 소설에 담아낸 것은 전체의 8분의 1에 불과하고, 나머지 8분의 7은 글로 표현되지 않은 채 수면 아래 잠겨 있다는 것이다. 소설의 대부분을 차지하는 이 '잠겨 있는 부분'은 독자들이 상상력을 동원해 스스로 찾아내게 함으로써 독자들을 소설의 완성 과정에 끌어들이는 것이다.

이처럼 문장의 차별성을 느끼며 읽어가다 보면 소설의 시점 역시 독특하다는 것을 느끼게 된다. 기본적으로 『노인과 바다』는 시작부터 끝까지 줄곧 3인칭 제한적 시점으로 서술된다. 주요 등장인물도 '산티아고'나 '마놀린'이라는 이름 대신 '노인'과 '소년'이라는 인칭대명사를 사용하고 있다. 특히 육지에서 일어나는 일을 다룬 시작 부분과 끝부분은 3인칭 제한적 시점으로 외부 관찰자의 위치에서 객관적인 태도로 외부적인 사실만을 관찰하고 묘사한다.

하지만 홀로 먼바다에서 작은 배를 타고 물고기와 사투를 벌이는 장면에서는 노인이 끊임없이 독백하는 형태를 취함으로써 3인칭 제한적 시점을 구사하면서도 1인칭 소설이 주는 효과를 살려냈다. 노인은 끊임없이 자기 자신에게 말을 하고 있으며, 노인이 하는 혼잣말은 쉼표나 따옴표도 거의 없어서 내면적 독백이자 제한적인 의식의 흐름 형태로 살짝 비켜 나간다.

소설이 지닌 상징성에 대한 질문을 받았을 때 헤밍웨이는 "바다는 바다일 뿐이고 노인은 노인일 뿐이고 상어는 상어일 뿐 그 이상도 이하도 아니다"라고 밝힌 바 있다. 즉 그는 이 소설에서 의도적으로 상징성을 부여한 바가 없다는 것이다. 하지만 『노인과 바다』에는 기독교적인 이미지가 다수 발견된다.

노인이 물고기와 사투를 벌일 때 낚싯줄에 베인 그의 손바닥의 상처 형태나, 극단적인 고통을 감내하면서도 '형제'라 여기는 물고기와의 사투에서 기꺼이 자신의 목숨을 바칠 각오를 하는 늙은 어부 산티아고는 순교자 같은 모습으로 그려지고 있다. 상어 떼가 도착하자 노인은 "못이 손바닥을 지나 손 뒤에 있는 나무 판까지 뚫고 들어갈 때" 나올 법한 비명을 지르고, 언덕 위에 있는 오두막으로 돛대를 짊어지고 올라갈 때는 십자가를 지고 갈보리 언덕으로 올라가는 예수의 이미지를 연상시킨다. 집으로 돌아와 엎드려 자는 노인의 모습 역시 십자가에 못 박혀 죽은 예수의 형상을 닮았다.

『노인과 바다』에 등장하는 주요 인물들의 이름 역시 성경에 나오는 주요 인물들과 일치한다. 노인의 이름인 '산티아고'와 노인이 잡아온 물고기의 머리를 준 동료 어부 '페드리코'는 성경에 나오는 예수의 열두 제자 가운데 어부 출신인 '야고보'와 '베드로'에 해당하는 스페인식 이름이며, '마놀린' 역시 스페인어로 '구세주'를 의미한다.

헤밍웨이는 스콧 피츠제럴드(F. Scott Fitzgerald), T. S. 엘리엇(Thomas Stearns Eliot)과 더불어 "길 잃은 세대(Lost Generation)"를 대표하는 미국 작가다. 제1차 세계 대전을 직간접적으로 겪으며 젊은 시절을 보낸 20~30대 젊은이를 일컫는 "길 잃은 세대"는 수많은 사람들이 무의미하게 죽어가는 것을 경험한 후에 환멸을 느껴 정신적으로나 신체적으로 상처받고, 용기·애국심·남성미와 같은 전통가치에 대한 믿음을 상실한 채 목적 없이 방황하고 물질적 부에 집중했다. 문학계의 경우 이 세대의 작가들은 미국을 떠나 파리를 중심으로 활약하면서 실존주의(existentialism)와 허무주의(nihilism)에 빠져들었다. 키에르케고르(S. Kierkegaard)와 니체(Friedrich Nietzsche)의 작품에 뿌리를 둔 이 두 철학은 헤밍웨이의 작품 세계에도 영향을 주어, 헤밍웨이의 초기 작품에는 공허와 허무감이 전반에 걸쳐 흐른다. 하지만 그의 생애 마지막으로 발표된 대표작인 『노인과 바다』에서 헤밍웨이는 불굴의 의지로 난관을 극복하며 "파괴될지언정 패배하지 않는" 늙은 어부를 통해 인간 운명의 비극적인 아이러니에 대한 성숙한 인생관을 보여주고 있다.

평소 음주, 사냥, 스포츠를 과격할 정도로 즐기고, 여성 편력도 심했던 헤밍웨이가 쓴 작품에는 용기, 인내 등 전통적으로 남성적인 가치관으로 여겨지던 기질을 가진 주인공이 주로 등장한다. "헤밍웨이의 코드 히어로(code hero)"라 불리는 이 주인공들은 허세를 멀리하고 심플한 삶을 알차게 살면서 목전의 문제에 집중하고 외적인 사건에 흔들리지 않는 용기와 의지, 인내심 그리고 행동성을 보여준다. 『노인과 바다』의 주인공인 산티아고는 헤밍웨이의 이 "코드 히어로"라 불리는 남성상의 표본적인 인물이지만 이전 작품에 나오는 주인공과는 차이가 있다.

이전까지의 작품 속 주인공들은 유럽이나 스페인과 같은

문명 세계를 배경으로 인간 대 인간의 대결과 갈등 구조를 이루었다면, 『노인과 바다』는 원시적인 신대륙 아메리카의 바다를 배경으로 인간 대 자연의 대결 구조를 형성하고 있다. 더구나 노인은 이 망망대해가 대변하는 대자연 속에서 혼자 자연을 대변하는 대어와 사투를 벌인다.

하지만 산티아고에게 있어서 자연은 인간이 정복해야 할 대상이 아니다. 산티아고는 자연과의 일체감을 인식하고 자연의 순리에 순응하며, 자연에 대한 경외심을 가지는 그런 인물이다. 노인이 연약한 휘파람새, 바다거북 그리고 과거에 잡았던 청새치 한 쌍에게 보여주는 연민과 사랑, 그리고 "형제"라고 생각하는 물고기를 죽일 수밖에 없어 안타까워하는 모습에서 자연에 순응하며 살아야 하는 피할 수 없는 삶의 생존 조건을 성찰하게 하는 작가의 자연관이 읽혀진다.

영국의 시인이자 평론가인 새뮤얼 존슨(Samuel Johnson)은 한 작가가 영원히 기억되는 작가가 될 것인지 판단하는 데는 백 년이 필요하다고 했다. 작가의 생애나 시대적 배경과 완전히 분리된 상태에서 작품을 보아야만 불후의 명작이 될 가치가 있는지 없는지 제대로 된 평가를 할 수 있다는 것이다. 헤밍웨이는 아직 사후 백 년이 되진 않았지만, 그는 20세기를 대표하는 미국 작가로 자리매김하였다. 이는 헤밍웨이가 특유의 문체로 현대 영미 문학계에 끼친 지대한 영향뿐만 아니라, 그의 작품들이 어느 시대, 어느 곳, 어떤 환경에서 사는 독자이든 읽을 때마다 새로운 감동으로 다가오기 때문일 것이다.

1899 7월 21일 시카고 교외의 오크파크에서 출생하다.

1917 고교 졸업 후에는 대학에 진학하지 않고 육군에 입
      대 지원하였으나 시력 때문에 거부되다. 『캔자스시
      티 스타』지의 수습기자가 되다.

1918 적십자 소속 안전요원으로 적십자 야전병원 수송차
      운전병이 되어 세계대전에 참전했다가 이탈리아 전
      선 종군 중 두 다리에 중상을 입고 이탈리아 정부로
      부터 무공훈장을 받다. 육군병원에서 치료를 받던 중
      여섯 살 연상의 미국인 간호장교 에그니스 본 쿠로스
      키(Agnes H, von Kurowsky)와 사랑에 빠지다.

1919 종전 후 미국으로 돌아와 에그니스에게 청혼했으나
      거절당하다.

1920 어머니와의 불화로 집을 나가 캐나다 토론토로 이주,『토론토 데일리 스타』지의 기자가 되다.

1921 어린 시절부터 알고 지내던 연상의 해들리 리처드슨(Elizabeth Hadley Richardson)과 결혼 후 기자 겸 해외 특파원으로 파리에 가다.

1922 『토론토 데일리 스타』지의 종군기자 자격으로 터키 이즈미르를 여행하며 그리스 터키 전쟁을 취재하다.

1923 첫 번째 작품집『세 편의 단편과 열 편의 시(Three stories and Ten poems)』를 파리에서 펴내다.

1924 단편집『우리들의 시대(In Our Time)』를 발표하다.

1925 단편집『우리들의 시대』의 미국판을 출간하다.

1926 파리에서 알게 된 피츠제럴드(F. Scott Fitzgerald)의 소개로 스크리브너 출판사의 편집자 맥스웰 퍼킨스(Maxwell Perkins)를 알게 되고 스크리브너를 통해『봄의 급류(The Torremts of Spring)』와『태양은 다시 떠오른다(The Sun Also Rises)』를 발표하며 명성을 얻다. 제1차 세계대전 이후 젊은이들의 방황과 환멸을 사실적으로 묘사한『태양은 다시 떠오른다』로 '길 잃은 세대(Lost Generation)'의 바이블이 되다.

1927 해들리와 이혼하고 파리의『보그』잡지사에서 근무하는 패션 작가이자 부유한 폴린 파이퍼(Pauline Pfeiffer)와 재혼하다. 단편「여자 없는 세계(Men

Without Women)』를 출간하다.

1928 파리를 떠나 미국 플로리다 주 키웨스트로 이주하여 1938년까지 거주하다.

1929 전쟁 문학의 걸작 『무기여 잘 있거라(A Farewell to Arms)』를 완성하다.

1930 미국 몬태나 주에서의 사슴 사냥 중 자동차 사고로 심한 골절상을 입다.

1932 에스파냐의 투우를 다룬 『오후의 죽음(Death in the Afternoon)』을 발표하다.

1933 아프리카 케냐로 여행을 떠나다. 단편집 『승자에게 는 아무것도 주지 마라(Winner Take Nothing)』를 출 간하다.

1935 아프리카에서의 맹수 사냥에다 문학론과 인생론을 교차시킨 에세이집 『아프리카의 푸른 언덕(Green Hills of Africa)』을 발표하다.

1937 북아메리카신문연맹(North American Newspaper Alliance) 특파원 자격으로 스페인 내전을 취재하다. 『부자와 빈자(To Have and Have Not)』를 출간하다.

1938 유일한 희곡작품 「제오열 및 최초의 49단편」과 영화 대본인 「스페인의 땅」을 출간하다.

1939 폴린 파이퍼로부터 이혼당하고 쿠바 아바나 교외로 이주하다.

1940 스페인 내란 때의 경험을 바탕으로 『누구를 위하여 종은 울리나(For Whom the Bell Tolls)』를 발표하여 폭발적인 인기를 얻다. 전장을 누비던 여성 특파원 마사 겔혼(Martha Gellhorn)과 결혼하다.

1944 특파원 자격으로 노르망디 상륙작전에 참가하다.

1945 마사로부터 이혼당하다.

1946 메리 웰시(Mary Welsh)와 결혼 후 쿠바와 미국 아이다호 주 케첨에서 생활하다.

1952 『노인과 바다(The Old Man and the Sea)』를 발표하며 작가로서의 명성을 회복하다.

1953 퓰리처 상을 수상하다.

1954 노벨 문학상을 수상하다.

1961 7월 2일 우울증, 알코올중독증, 잇단 사고로 인한 심한 통증, 공황장애 등 각종 질병에 시달리다가 자택에서 엽총으로 자살해 세상을 떠나다.

1964 유고작 「움직이는 축제일(A Moveable Feast)」 사후 출간하다.

1970 미완의 유고작 「떠도는 섬들(Islands in the Stream)」 사후 출간하다.

1986 유고작 「에덴 동산(The Garden of Eden)」 사후 출간하다.

옮긴이 **황재광**

계명대학교 영어영문학과에서 학사학위를 받은 후 교환학생으로 도미하여 뉴욕의
롱아일랜드대학교에서 영문학 전공으로 석사학위를 받았으며, 뉴욕대학교(NYU)에서
같은 전공으로 박사학위를 받았다. 현재 계명대학교에서 영어영문학과 교수로 재직
중이다. 역서로는 『근대 영미시선』 『19세기 미국 단편 걸작선』 『하트 브레이커』 『벤저민
프랭클린 자서전』 『퐁텔리에 부인의 각성』 『월랜드』 등이 있다.

노인과 바다

초판 1쇄 인쇄 2018년 1월 5일
초판 1쇄 발행 2018년 1월 15일

지은이   어니스트 헤밍웨이
옮긴이   황재광
발행인   조상현
마케팅   김나연
편집인   정지현
디자인   Design IF
펴낸곳   더디퍼런스

등록번호 제2015-000237호
주소 서울시 마포구 마포대로 127, 304호
문의 02-712-7927
팩스 02-6974-1237
이메일 thedibooks@naver.com
홈페이지 www.thedifference.co.kr

ISBN 979-11-6125-065-6 04800
     979-11-6125-063-2 (세트)

독자 여러분의 소중한 원고를 기다리고 있으니 많은 투고 바랍니다.
이 책은 저작권법 및 특허법에 따라 보호받는 저작물이므로 무단전재와 무단복제를 금합니다.
파본이나 잘못 만들어진 책은 구입하신 서점에서 바꾸어 드립니다.
책값은 뒤표지에 있습니다.